PARIS

Juliette Fabert

Par A. Leprince

" Dans le pays d'amour où m'a conduit mon rêve... "
Charles Brun

PARIS

E. BERNARD, IMPRIMEUR-ÉDITEUR

29, Quai des Grands-Augustins, 29

—

Droits de Traduction et de Reproduction réservés

Un honnête homme peut être amoureux comme un fou,
mais jamais il ne doit l'être comme un sot.

La Rochefoucauld

PREMIÈRE PARTIE

I

Ce matin-là, le Dr Martel ayant achevé plus tôt que
de coutume sa visite à l'Hôpital, fit arrêter sa voiture
devant le jardin du Peyrou.

Quand il avait un moment de liberté, c'est là qu'il
aimait à venir le dépenser. Dans ce merveilleux site
dominant toute la ville et la campagne, d'où la vue
s'étend d'un côté jusqu'aux Cévennes roses et de
l'autre sur l'immensité des flots bleus de la Méditerranée, il se plaisait, accoudé aux balustrades du
Château d'eau à promener son regard sur le paysage
qui s'étalait à ses pieds et à laisser s'égarer sa rêverie.

On était en mai, et le soleil déjà haut sur l'horizon projetait sur la mer des scintillements qui argentaient le vaste miroir d'un bleu turquoise. Quelques voiles apparaissaient au loin comme des ailes de mouettes posées sur les flots. Une vapeur rosée, transparente flottait comme une gaze légère sur la sommité des arbres environnants ; la brise du matin balançait les cimes et les branches ; un vague et harmonieux murmure s'échappait du bassin ou solennellement nageaient les cygnes.

La nature s'éveillait radieuse et poétique aux premiers rayons d'un soleil printanier.

Martel jouissait en dilettante et en artiste de toute cette beauté éparse autour de lui : il était heureux de vivre dans ce pays dont l'enthousiasme convenait à son esprit méridional, dont les monuments partout évoquaient le passé, où le climat était doux et où les femmes étaient belles.

Les songes riants et légers qu'enfante l'imagination, les émotions mystérieuses du cœur trouvaient un écho vibrant en son esprit, et il aimait à rester de longs moments abîmé dans sa rêverie, les yeux fixés sur la mer ou la montagne.

A trente ans, le Dr Martel était déjà professeur agrégé à la Faculté de Médecine de Montpellier. D'une intelligence ouverte, il avait rapidement conquis ses grades et jouissait heureux de la situation enviable qu'il avait su se créer. C'était un homme grand, brun, aux yeux noirs très expressifs, à la moustâche fièrement relevée : il réalisait le type parfait de l'homme du midi. D'ailleurs il s'en faisait une gloire. D'une vieille famille de médecins bitterois, il avait suivi la vocation familiale : il aimait son métier et se plaisait à dire que c'était le seul qui pût donner des satisfactions intimes aussi complètes ; jeune encore il avait perdu ses parents, et livré de bonne heure à lui-même, presque seul, il dirigeait sa vie, développait son intelligence et à force de travail et de volonté parvenait à l'agrégation de chirurgie. Très estimé de ses collègues, hier encore ses maîtres, il était également aimé des étudiants dont quelques-uns avaient été ses condisciples et ses camarades.

Sa science était profonde, son érudition complète. Pourtant la médecine ne l'absorbait pas tout entier. Comme tout méridional, son esprit avait un côté artiste ; il aimait les couleurs et les formes et se délectait à admirer un coucher de soleil, un coin de paysage, à respirer les parfums des fleurs ou de la prairie. Cette matinée du mois de mai le charmait et il avait voulu avant de rentrer chez lui goûter un peu de joie, se tremper dans le soleil et se griser de lumière.

Appuyé sur la balustrade qui domine les promenades basses, il laissait errer son regard sur le majestueux alignement des Arcades de l'aqueduc tout doré par le soleil.

Pour la centième fois il en admirait l'harmonie et

les élégantes proportions quand un pas léger le
déroba à ses pensées. Il se retourna.

— Bonjour, docteur! avez-vous déjà guéri tous
vos malades, pour qu'on vous rencontre si matin?

Et Madame Fabert lui tendait gracieusement la
main.

— Hélas non, Madame, mais je n'ai pu résister
par cette belle matinée de printemps à m'accorder
une heure de congé.

— Et vous avez eu raison de venir la passer au
Peyrou, car je ne sais pas d'endroit plus délicieux :
s'il n'existait pas il faudrait l'inventer.

Madame Fabert était la femme d'un maître de
conférences à la Faculté des lettres. Son mari, d'une
quinzaine d'années plus âgé qu'elle, enseignait la
science aride de la philologie et des grammaires
comparées.

Quant à elle, âgée de vingt-quatre ans à peine, elle
était dans tout l'éclat de sa beauté et de sa jeunesse.
D'une taille élancée, un sculpteur l'eût volontiers
prise pour modèle et eût trouvé dans les belles lignes
de son buste, et dans la souplesse de ses poses, de
délicieux motifs, mais il eût été impuissant à rendre
la carnation particulière de son visage. Il eût fallu y
adjoindre la palette d'un peintre : ses joues colorées
d'un léger incarnat, ses yeux bleus d'une limpidité
parfaite étaient vifs et doux comme deux bluets après
la pluie, les lèvres flamboyantes s'entr'ouvraient pour
laisser voir la double rangée de dents éclatantes et

blanches, sa magnifique chevelure blonde relevée en torsade s'enfouissait sous un immense chapeau printanier.

La robe de drap qui la moulait faisait d'ailleurs valoir l'élégance et la gracieuseté de ses formes : elle savait s'habiller et la simplicité de sa toilette ajoutait à sa beauté et faisait ressortir ses charmes.

Le Dr Martel avait eu l'occasion de soigner son mari l'hiver précédent et était de la sorte resté en relations avec le ménage. Ils se rencontraient en soirées, et parfois au Peyrou, où ils aimaient à venir flâner une heure, soit avant soit après leurs cours.

— Vous attendez peut-être votre mari, Madame ?

— Oui, docteur, il doit venir me rejoindre ici après son cours. Mais vous ? Êtes-vous en quête d'une bonne fortune.

— N'en est-ce pas une de vous avoir rencontrée ?

— Voulez-vous bien vous taire ! Si l'on vous entendait ! je ne vous savais pas si galant.

— Mettez cela sur le compte du printemps et sur le rayonnement de votre beauté.

— Mais je crois, docteur, que vous êtes en train de me faire une déclaration.

— Que non pas Madame ! je m'en garderais bien ! Acceptez ces paroles simplement comme un hommage discret et rien de plus.

— Allons, je vous pardonne, soyons bons amis et pour sceller notre réconciliation venez me rendre visite un de ces jours.

— Quel jour recevez-vous ?

— Le mardi, mais vous venez plutôt mercredi.

Et après un dernier shakekand ils se séparèrent.

Le Dr Martel se plut à voir s'éloigner Madame Fabert, à admirer sa sveltesse et sa démarche gracieuse.

Il songeait que ce serait peut-être une bonne fortune de devenir l'ami de cette jeune femme qui paraissait d'une intelligence aussi profonde que sa beauté. Ce plaisir, il le savourait déjà en connaisseur sans y mêler aucune pensée sensuelle. La vue et la conversation animée d'une jolie femme ne procurent-elles pas des sensations analogues à celles que l'on éprouve à contempler un beau tableau ou à écouter un morceau de musique joué par un artiste ! Martel y ajoutait, en outre, le charme de l'imprévu et aussi l'éclosion possible d'idées originales. La société des femmes était d'ailleurs pour lui une des jouissances intimes qu'il prisait par dessus tout ; il aimait à analyser leurs sensations et à chercher quels sentiments reflétaient la profondeur des prunelles ou se cachaient derrière la pureté des fronts.

Quelle pouvait bien être l'intellectualité de Mme Fabert ? Il la connaissait encore très peu, et naturellement, ne l'ayant vue qu'en public et jamais seul à seul, il n'avait pu l'analyser comme il l'aurait souhaité. L'occasion se présentait et le Dr Martel se promit d'en profiter. Etait-ce une coquette, ayant conscience de sa beauté et de son savoir, ou une âme simple n'attachant à ses mérites physiques et moraux,

que juste ce qu'il fallait pour ne pas paraître préten-
tieuse par défaut ?

Le mercredi suivant, Martel fut exact au rendez-
vous : il était attendu, des fleurs fraîches, lilas
odorants, répandaient une odeur un peu troublante
dans l'athmosphère attiédie du salon ; les volets à demi-
clos pour tempérer l'ardeur du soleil déjà fort, met-
taient une ombre discrète sur les bibelots épars çà et
là. Le cadre était parfait, tout de teintes subtiles et
de parfums légers.

Au milieu de ce luxe féminin et de bon goût,
Madame Fabert évoluait doucement et étalait sa grâce
souple. Elle s'harmonisait avec le décor et recevait
pour ainsi dire un éclat de chacun des objets précieux
qui l'entouraient.

Le docteur avait saisi tout cela d'un rapide coup
d'œil et sa première impression d'analyste avait été
bonne.

Rassuré sur le goût de la femme, il voulut pénétrer
plus avant dans son esprit et dans une conversation
enjouée et fine il sut lui faire avouer ses préférences
dans tous les arts. N'est-ce pas le criterium qui per-
met du premier coup de juger l'intelligence de l'individu ? « Dis-moi ce que tu lis, je te dirai qui tu es. »

Madame Fabert sentit le piège qu'on lui tendait, et
railleuse :

— Vous êtes bien curieux, docteur ; si je vous
avouais que je me passionne pour les romans de
Georges Ohnet, vous seriez peut-être quelque peu

délices. Il n'aurait eu garde de manquer une de ces petites soirées. Il est vrai que tout le monde lui faisait bon accueil. Bien que beaucoup plus jeune que la plupart des invités, les amis de la maison surent bien vite reconnaître ses qualités et son érudition et le traitèrent rapidement sur le pied de l'égalité.

Il apportait d'ailleurs dans la discussion une ardeur que tous avaient dépouillée depuis longtemps. Sa fougue méridionale le servait admirablement : il savait agrémenter ses récits d'expressions colorées, par où se révélait sa nature d'artiste, et se montrait plein de confiance et d'expansion.

Bientôt le docteur s'aperçut que ces nuances avaient été saisies par Juliette. Tout d'abord ç'avait été pour elle une agréable nouveauté de voir un peu d'animation égayer les conversations souvent monotones de ses amis, et elle s'appliquait, quand il parlait, à encourager Martel du regard.

Puis peu à peu ses yeux, ses lèvres prenaient une expression particulière d'approbation et de jouissance intimes, et elle lui savait gré de ce qu'il faisait pour amener le sourire sur ces visages, peut-être un peu trop sérieux.

Pendant les premières soirées Martel s'étudiait, et ne parlait qu'à bon escient, voulant avant tout tâter le terrain et démêler le caractère des intimes. Parmi les amis du ménage Fabert, tous les mondes étaient représentés ; mais surtout le monde universitaire. Martel était le seul médecin, ce qui faisait dire au baron de Saux, vieux beau sur le retour, et habitué des soirées Fabert, que si quelqu'un se trouvait mal, il aurait au moins quelque chance de ne pas en mourir, car les médecins ne perdraient pas un temps précieux à discuter sur ce qu'il y a d'urgent à faire en pareil cas.

Le Docteur sut bien vite se rendre l'homme indispensable de la maison. Quand, par hasard, il n'assistait pas à une de ces réunions du jeudi, la conversation languissait; il y manquait le coup de fouet que sa jeunesse et son entrain apportaient dans les discussions. Alors on se séparait de plus bonne heure, et chacun avait l'impression plus ou moins vive qu'il avait manqué un rayon de gaieté à la soirée pour la rendre intéressante.

Juliette le sentait mieux que tout autre; cette société d'hommes spirituels et aimables lui était infiniment précieuse, mais au fond lui laissait un grand vide dans l'esprit, si non dans le cœur.

Ce qu'il lui fallait, c'était des cheveux bruns au milieu des têtes grisonnantes, une voix fraîche et un rire bruyant parmi ces voix décolorées, des yeux brillants à côté de ces regards éteints. Martel en se joignant à ses amis avait apporté ce qui manquait à la réunion habituelle. Elle sentait tout cela, et surtout lorsqu'il était absent : elle s'interrogeait alors et se demandait avec anxiété si elle n'était pas sur le point de l'aimer ou si elle ne l'aimait pas déjà.

Quant au docteur, il n'éprouvait aucune vanité des

égards qu'on avait pour lui. Il était heureux d'avoir
rencontré une élite, où ses idées pouvaient librement
être discutées, et il respirait par dessus tout la grâce
de l'hôtesse qu'il trouvait de jour en jour plus intelligente et plus jolie. Il la connaissait bien maintenant
et il la considérait un peu comme une âme sœur, qui
vibrait sous les mêmes impressions ; il éprouvait un
vif plaisir à se sentir son ami, et il ne désirait pas devenir son amant.

Peu à peu cependant, l'intimité devint plus profonde. Juliette se sentait de plus en attirée vers le
Docteur et lui-même dissimulait mal le plaisir que
lui causait sa présence. Bientôt il fut prié à dîner, et
pour ne pas demeurer en retour, il combina quelques
petites excursions aux alentours. On partait le matin
en charrette anglaise et on s'en allait déjeuner soit à
Palavas, sur le bord de la mer ou dans un de ces petits villages si pittoresques, accrochés au flanc d'un
côteau, ou perdu dans la verdure et les vignes.

Un jour où une de ces excursions avait été combi-
née, mûrie et désirée, une circonstance imprévue
faillit bouleverser tous les plans. Fabert se sentit
soudain fatigué, et quand Martel arriva pour prendre
les époux, il trouva Juliette consternée de ce fâcheux
contre-temps. Lui s'efforça de la rassurer, affirmant
que cette indisposition n'aurait aucune suite et que
l'excursion pourrait être remise au dimanche suivant.

Mais le professeur insista tellement que le Docteur Martel dut promettre de partir quand même et

d'emmener Mme Fabert. Quant à lui, n'osant pas affronter le soleil, il ferait une sieste et serait tout dispos pour le soir.

Le but de la promenade dut être changé et il fut décidé qu'ils iraient seulement sur les bords du Lez.

Les premiers instants de tête-à-tête furent pénibles pour l'un comme pour l'autre. Ils parlèrent du temps, cet éternel sujet de conversation de ceux qui n'en ont pas d'autre et de ceux qui ont à se dire des choses qui tiennent tant au cœur qu'elles ne peuvent tomber des lèvres.

Dans les allées ombreuses qui conduisaient aux sources, c'était une irradiation de lumière filtrant à travers les feuillages. Sur les grands arbres, les oiseaux se poursuivaient et chantaient avec une infatigable ardeur. Le printemps s'épanouissait sur toutes les tiges et verdissait les rameaux. C'était l'époque du travail prodigieux de la nature, qui rend la vie et la couleur à toute chose et qui pousse la sève dans les bourgeons. Martel conduisait, et Juliette admirait, immobile, le paysage qui se déroulait devant ses yeux. Leur conversation banale était entre-coupée de grands silences, et ils sentaient confusément que le moment était venu où des paroles inéluctables devraient être prononcées.

Arrivés au terme de l'excursion le Docteur confia la charrette au cabaretier et conduisit Juliette vers la rivière. Dans l'allée qu'ils suivaient, Juliette appuyée sur son bras respirait à pleins poumons l'air embau-

mé. Pas un arbuste, pas une fleur qui ne la troublât.
Ils foulaient des violettes sous leurs pieds, les grap-
pes de lilas mêlaient leur odeur au parfum des serin-
gas. L'influence pernicieuse mais caressante de ce
milieu enivrant se fit alors sentir. Elle s'appuya un
peu plus fortement sur le bras de Martel, et tournant
vers lui ses grands yeux clairs, lui tendit les lèvres.

Le Docteur entoura la jolie tête de ses bras, et la
pressa avec force contre sa poitrine.

Puis tout émus et chancelants ils marchèrent un
moment, sans pouvoir rien dire, car il est des silences plus expressifs que de longs discours.

Quand ils furent un peu revenus de leur trouble, ils
osèrent alors se regarder et se sourire.

Il leur semblait maintenant qu'ils étaient déliés
d'un grand secret et que leur vie avait un but : leur
amour.

Le retour s'effectua plus gaiement, on voulut le
retenir à dîner mais le Docteur prétexta des visites à
faire pour éluder l'invitation.

Il voulait, en effet, se recueillir et envisager aussi
placidement que possible sa situation sentimentale.

Il aimait et il était aimé. Etait-ce un caprice ou le
début d'une passion sérieuse ? Il était incapable de
poser un pronostic, mais il avait peur, sans s'expliquer trop pourquoi, d'un amour violent de part et
d'autre.

Depuis quelque temps le dégout et l'ennui le poursuivaient partout; il recherchait la solitude pour s'en

lasser bientôt; vainement il cherchait la cause de l'inquiétude qui le tourmentait.

Ce malaise général, cette neurasthénie spéciale n'avaient pas d'autre motif que le vide où se trouvait son cœur. Il s'en rendait compte à présent. Il ne pouvait pas plus qu'un autre échapper à l'amour, et si jusqu'à ce jour il était toujours resté indemne, c'est qu'il n'avait pas rencontré la femme dont il avait fait son idéal. Il comprenait que le moment était arrivé où, comme tous les autres, il allait payer son tribut.

Chaque jour maintenant un besoin irrésistible le poussait vers Juliette. Il fallait qu'il l'a rencontrât n'importe où, mais il ne pouvait plus passer vingt-quatre heures sans la voir.

Au bout de huit jours de cette surexcitation constante, Juliette accepta de venir chez lui.

Sans un mot, sans remords, elle se donna, et dès lors leur amour entra dans une nouvelle phase. Juliette arrivait chez le Docteur vers la fin de ses consultations; un petit goûter était préparé, et ils passaient là deux heures, quelquefois plus, à se repaître de baiser et de gâteaux!

Ces moments étaient vraiment délicieux.

C'était en la splendeur du soleil mourant, dans la pénombre d'une lumière faiblissante, tout un déluge de caresses, une pluie de baisers qui s'égrenaient dans l'atmosphère attiédie de ces chaudes journées d'été.

Dans les bras l'un de l'autre, perdus en des songes

vagues, l'esprit sans force, le corps fiévreux, désireux de nouvelles caresses, ils goûtaient tour à tour l'enivrement du bonheur après les spasmes de la possession. L'heure passait et ignorants du temps ils s'apercevaient à peine que le soir descendait peu à peu... Enfin ils se réveillaient de leur torpeur et il fallait songer aux adieux.

Moments tristes où l'on se quitte sans savoir si de pareilles minutes seront vécues de nouveau; si l'absence sera longue ou brève, si le temps, les circonstances, les hasards de la vie ne vous sépareront pas à tout jamais.

Puis c'était le dernier baiser sur la voilette, le dernier soupir et la solitude, et le Dr Martel se sentait après de tels instants, l'âme vide, comme si dans un pan de sa robe elle avait emporté tout son cœur.

II

C'était un jeudi soir. Les habitués étaient arrivés, et la conversation d'abord languissante avait peu à peu pris une tournure plus enjouée, quand le docteur Martel entra.

— Enfin voilà le Docteur ! dit Laurent de Figuières, jeune peintre, nouveau familier du salon des Fabert et dont le talent commençait à être apprécié des connaisseurs.

— Oui, ajouta le baron de Saux, nous vous attendions avec impatience afin que vous nous donniez votre avis.

— Sur quoi donc, Monsieur, dit Martel après avoir serré les mains à l'entourage.

— Sur l'Amour.

Le Docteur resta un moment interloqué et se demanda si l'on ne voulait pas lui tendre quelque piège. Mais il se ressaisit bien vite.

— Mon Dieu, répondit-il, c'est un sentiment vieux comme le monde et qui j'en suis sûr durera autant que lui. L'amour, je ne vois par quoi on pourrait bien le remplacer? Aussi Messieurs, je suis enchanté de vous voir discuter cette question, car il me semble que c'est un des sujets où toutes les idées peuvent se faire jour, et où toutes les raisons sont bonnes, le seul où chacun peut être original à sa façon.

— Bravo docteur, vous parlez comme un oracle. Et vous, Baron qui nous disiez tout à l'heure que la femme est un sphinx charmant, et le cœur humain très complexe basez-vous votre opinion sur votre expérience ?

— Mais c'est une confession, Madame, que vous me demandez-là. Vous voulez savoir si j'ai été amoureux ? Eh bien je vais vous répondre franchement : Juste assez pour m'apercevoir que j'étais complètement ridicule et que si je continuais, je serais très malheureux. Aussi depuis, j'ai pris de l'amour, le plaisir ; j'ai aimé avec mon esprit et mon raisonnement, plus qu'avec mon cœur et je m'en suis fort bien trouvé, puisque me voilà. Il faut vivre la vie comme elle vient, et, bouchez-vous les oreilles, Madame Fabert, prendre les femmes pour ce qu'elles sont, et ne leur demander que ce qu'elles veulent bien nous accorder.

— Peut-être vous a-t-il manqué de rencontrer sur votre chemin l'âme sœur qui devait vous subjuguer à tout jamais...

— D'abord il n'y a pas d'âmes sœurs, il y a des femmes ! Ensuite il faudrait bien s'entendre sur le cœur en amour. Voyons, Docteur, vous qui êtes phy-

siologiste où placez-vous ce noble organe de l'amoureux ?

— Il est vrai, répartit Martel, que nous sommes
habitués à employer des mots qui s'adaptent mal au
sujet qui nous occupe : nous suivons les traces de
nos ancêtres, qui plaçaient dans ce muscle tout ce
qu'il y a de plus noble dans l'individu. Nous avons
changé tout cela et ce que nous appelons le cœur,
n'est autre que notre cerveau.

— A la bonne heure. Ajoutez même votre cerveau
dont une partie des fonctions est annihilée, et dont
l'autre subit l'influence d'une idée fixe.

— En êtes-vous bien sûr, ajouta Fabert, il n'est
pas nécessairement fatal que toute volonté soit anéan-
tie chez l'amoureux et ne peut-il pas y avoir dans
notre cerveau une case spéciale dont la fonction soit
l'amour.

— Je ne le crois pas, reprit le Docteur ; et maintenant que le Baron est rassuré sur le siège du cœur
des amoureux, nous attendons la suite de son dithy-
rambe.

— Je m'explique, poursuivit en souriant M. de Saux :
je disais donc qu'il n'y avait pas d'âme sœur, mais
des femmes dont nous pouvons faire nos compagnes
momentanées ou perpétuelles. Et celle que nous
choisissons, nous nous plaisons à la parer des qualités que nous désirons trouver en elle. L'amour est
un préjugé. C'est le fait d'un esprit malade, d'un individu qui a une lacune dans le cerveau.

— Mais le coup de foudre !

— Que diable, le coup de foudre est un argument de romancier ; mais la vie n'est pas un roman ou du moins il faut en rogner ce chapitre.

— Oh ! Baron que vous êtes peu galant !

— Il est certain, Madame, que dans tout autre milieu je n'oserais pas dévoiler ainsi ma pensée, mais je vous considère plus qu'une femme et comme un bon camarade. Donc, je continue, puisque vous le permettez, et si mes idées vous choquent, je vous demanderai pardon ensuite.

— Faites donc, ne vous gênez pas et si vous allez trop loin, je me sauverai.

— J'admets, poursuivit le baron que rencontrant une jolie femme, on soit d'abord charmé, émerveillé de sa beauté. Puis, après lui avoir été présenté, naît le plaisir de se trouver en sa société de pouvoir lui parler, l'approcher et de là au désir il n'y a qu'un pas. Est-ce là de l'amour ? je ne le crois pas ! Pour moi, je considère l'amour comme une conséquence de l'habitude, car à l'origine de tout amour il y a le désir qui n'est qu'une forme polie de l'instinct.

— Comment expliquer alors que nous ne devenions pas amoureux de toutes les jolies femmes que nous pouvons connaître, demanda Laurent de Figuières ?

— Mon Dieu, parce que sans vous en rendre compte, elles ne satisfont pas à notre besoin d'idéalité. Peut-être aussi, ne sommes-nous pas en ce moment là en état de réceptivité, ainsi que disent nos savants, dans leur jargon scientifique !

— Croyez-vous donc un homme capable de devenir amoureux de n'importe quelle femme.

— Absolument ! et ce ne serait guère rassurant, si l'amour le plus souvent n'était pas assujetti à des lois et à la merci de circonstances qui empêchent bien des folies.

Le docteur Martel suivait avec intérêt cette discussion qui l'intéressait particulièrement, et il lui plut de réfuter un peu la théorie du baron.

— Je ne suis pas entièrement de votre avis, dit-il, et je pense qu'on ne peut réellement aimer qu'à son niveau. Tout sentiment qui ne s'exerce pas entre deux êtres d'intellectualité sinon égale du moins très voisine, me semble condamné d'avance... Pourquoi voit-on actuellement tant de mauvais ménages ? Ne faut-il pas en chercher la raison dans l'infériorité ou la supériorité trop manifeste de l'un sur l'autre.

Mais le baron reprit :

— La solidité de l'esprit, la justesse du discernement, l'étendue de l'érudition, peuvent charmer une femme mais détrompez-vous, ce ne sera que momentané ; on ne doit attendre son bonheur que des qualités agréables de la femme et soyez sûr que vous ne lui plairez que par des avantages analogues aux siens. Le vrai mérite voyez-vous, est celui qu'estiment les gens à qui nous voulons plaire. Nous sommes tous portés à croire que notre intelligence seule éveille l'amour chez la femme. Nous nous trompons étrangement, le mérite de la personne aimée, n'est que l'occasion de l'amour et non sa véritable cause. Au fond de tout cela comme je le disais tout à l'heure il n'y a qu'un désir. La femme ne cherche en amour que son propre bonheur et nous ne sommes que les instruments de ses plaisirs ou le jouet de son caprice.

— On croirait vraiment entendre parler une femme, dit en riant Juliette.

— Madame Fabert vient de dire le mot de la situation dit Laurent de Figuières et elle ne pouvait faire un meilleur compliment à Monsieur de Saux.

— Il est bon d'ajouter toutefois que ces sentiments ne sont pas analysés ainsi et aussi subtilement par les amoureux : ce serait une injustice de les taxer de fausseté car le plus souvent ils sont de bonne foi et c'est à leur insu qu'ils se trompent mutuellement. Convenons donc que le cœur est une énigme insoluble et que nos plus habiles psychologues peuvent discuter longtemps encore sans parvenir à se mettre d'accord : ils croient connaître ce qui s'y passe : ils voient l'effet mais le plus souvent ils ignorent la cause... Ne nous montrons pas plus perspicaces qu'eux. Ne divinisons pas l'amour : gardons-nous d'en faire une vertu : soyons aimables avec les femme et nous serons les vrais sages.

Ayant ainsi parlé, le baron de Saux baisa la main de Juliette, et se retira.

C'était un aimable philosophe, affligé d'une grosse fortune qu'il employait intelligemment. Très amateur et très érudit il était un assidu des soirées du jeudi. Il aimait développer des aphorismes et adorait la discussion. Mais jamais encore il ne s'était montré aussi ardent que ce soir-là.

Après son départ il n'y eut qu'un cri : Le Baron a beaucoup souffert des femmes, ou il est amoureux et il veut se guérir.

— Amoureux encore à cinquante ans ! Est-ce possible demanda Juliette.

— Tout arrive, et ces amours-là sont les plus terribles et les plus graves pour ceux qui les éprouvent !

— Plaise au ciel que la maladie lui soit légère insinua le D\u1d63 Martel.

Et sur ce souhait à l'égard du baron on se sépara.

Cette dissertation sur l'amour laissa Juliette rêveuse. A son tour elle voulut s'analyser ; elle se demanda si vraiment elle aimait et pourquoi elle aimait : certes elle avait pour Martel une franche et vive amitié ; il lui plaisait comme homme et comme esprit : mais ce sentiment qu'elle éprouvait pour lui était-il vraiment de l'amour.

N'était-ce pas plutôt, comme avait dit le baron, un caprice qui peu à peu avait dégénéré en habitude lorsqu'elle l'avait vu si épris. Pourtant elle se rappelait son trouble à chaque fois qu'elle le voyait, le petit frisson qui la saisissait... mais ne l'avait-elle pas

éprouvé? N'avait-elle pas déjà tenté l'expérience?...
Elle avait cru aimer et s'était vite aperçue qu'elle se
trompait ; son cœur n'était pas pris : le caprice avait
duré très peu de temps ; n'en serait-il pas de même
avec le Dʳ Martel, et ne vaudrait-il pas mieux pendant qu'il n'était pas trop tard rompre brusquement
cette liaison. Elle cherchait en son esprit quelles raisons elle pourrait bien donner quand l'idée lui vint
d'avouer une ancienne passion. Vainement elle se rai-
sonna et se dit qu'elle ne devait pas profaner ce premier amour : elle ne trouva pas d'autre solution. Les
sentiments du docteur ne devaient pas, pensait-elle,
être assez profondément ancrés dans son cœur pour
résister à cet aveu.

Aussi, quand le lendemain Martel arriva, ce fut
froidement qu'elle le reçut ; elle accepta son baiser
mais y répondit à peine. Et comme il s'étonnait et
s'inquiétait de sa santé, elle le rassura ; puis tout
d'un coup sans oser lever les yeux sur lui, elle eut le
courage d'articuler :

— Promettez-moi que si j'étais obligée ces jours-ci
de vous écrire, vous brûleriez ma lettre aussitôt lue,
et que vous feriez ce que j'exigerais de vous.

Martel pâlit et soupçonnant un secret :

— Pourquoi, ma chérie, puisque nous nous voyons
tous les jours ?

— Parce que... je n'aurais peut-être pas le courage
de vous le dire.

— Pourquoi ?

— A cause de la peine que je vous ferais.

— Vous allez... partir... vous m'effrayez. Quel contre-temps subit s'est élevé entre nous depuis hier.

— Imaginez tout ce que vous voudrez. Vous ne pouvez deviner. Allez-vous en, je vous écrirai ce soir.

— Non, ne suis-je pas d'abord votre ami ? Pourquoi me cacher quelque chose.

Alors éclatant en sanglots, elle cria :

— Quittez-moi, vous, partez, je ne veux plus vous revoir, je ne le peux plus... Dieu que je suis malheureuse !...

Le Docteur s'était levé et la soutenait ; mais elle :

— Non, éloignez-vous de moi, je ne suis pas la femme que vous croyez, je ne vous aime pas, je ne peux pas vous aimer, je me suis trompée moi-même, je ne suis pas digne de vous, puisque... vous n'avez pas été mon premier amant.

Martel chancela, cacha la tête entre ses mains, et ses larmes coulèrent silencieusement.

— Vous le comprenez, il faut m'oublier.

Martel resta un moment silencieux ; mais se méprenant sur les motifs qui avaient poussé Juliette à cet aveu, il ne vit en elle qu'une victime qu'il fallait consoler et qui implorait son pardon.

— Ma pauvre amie, n'avez-vous pas compris que ma vie a commencé du jour où je vous ai connue. Le passé est mort, vous avez oublié et on vous a oubliée.

Et dans un effort.

— Tout est fini n'est-ce pas ?

Elle fit un signe muet d'assentiment. Mais il voulut prolonger sa peine.

— Vous l'avez... beaucoup aimé.

— Je ne sais, il est venu dans un moment de désœuvrement, je m'ennuyais, il m'a prise par sa douceur, par sa jeunesse...

— Ah pourquoi ne pas m'avoir averti tout d'abord ! Pourquoi m'avoir donné vos lèvres. L'heure n'était pas venue. Il fallait guérir de cet amour et vous ressaisir. Pourquoi m'avoir laissé espérer que vous m'aimiez alors que votre cœur était encore ailleurs ?

— Oui, vous avez raison : quand j'essaie de plonger au fond de moi-même, je désespère de voir clairement. Bien des fois j'ai essayé de réagir, mais je n'ai pu y réussir, j'ai éprouvé tant d'émotions depuis deux mois. Voyez-vous, au fond de cette gaieté que je me suis promise de montrer à tous, il y a une grande lassitude de la vie, et je m'étourdis souvent pour ne pas penser. Peut-être est-ce la seule excuse que je pourrais invoquer pour atténuer ma première faute. Je vivais seule, ou en tête-à-tête avec un mari qui ne m'adressait presque jamais la parole : il est venu, il m'a plu, il m'a amusée, il m'a prise... Puis vous êtes arrivé... J'ai eu tort, mais je ne veux pas vous faire de mal, et c'est pourquoi nous devons nous quitter.

— Mais ne comprenez-vous donc pas que je vous aime et que je puis vous aimer assez pour vous faire oublier le passé.

— Le passé mais il revivra constamment devant vos yeux. Malgré vous, il ressuscitera en votre esprit et vous me maudirez et vous me haïrez dès que votre passion sera quelque peu affaiblie. Non je ne suis pas digne de vous. Les heures où je serai bonne et douce, je vous griserai trop, car je suis née amante. Je le sens, je le suis dans tout mon être et c'est peut-être pour cela que vous m'aimez, mais les moments où je me reprendrai, je serai féroce et vous souffrirez. J'ai peur de ne pas vous aimer assez pour vous donner tout le bonheur que vous méritez...

— N'est-il pas plus atroce de me laisser à ma douleur ? Pourquoi ne voulez-vous pas que je vous tende la main. Ne m'aimez-vous pas un peu...

— Je ne sais. Certes j'ai du plaisir à vous voir, mais peut-être plus en société que seul, et pourtant vous me laissez un regret quand vous n'êtes plus là... Voulez-vous que j'essaie de vous aimer ? Mais croyez-moi il serait préférable que vous vous détachiez peu à peu de moi, car j'ai peur de vous faire souffrir... Essayez de rester quelques jours sans me voir et le calme reviendra dans votre esprit. D'ailleurs j'estime que nous sommes d'une imprudence extrême, et notre secret serait bien vite dévoilé.

Martel promit et rentra chez lui découragé.

Toute la nuit, il réfléchit à sa situation morale, il dut s'avouer qu'il aimait Juliette passionnément et il lui parut qu'aucun obstacle ne serait assez puissant pour la détacher de lui. Il en avait fait son idéal et il se sentait prêt à tout sacrifier à son amour, même sa vie, s'il le fallait et si elle l'exigeait.

Quant à Juliette l'aveu qu'elle venait de faire à son amant produisit chez elle un effet tout opposé. Elle fut ensuite complètement soulagée et vit clair en elle-même. Oui, elle s'était illusionnée, elle n'avait eu pour Martel qu'un affolement passager des sens, mais son cœur n'avait jamais été sérieusement pris. Maintenant elle le trouvait trop faible vis-à-vis d'elle, pas assez volontaire, trop doux et trop soumis à ses volontés : elle l'eût préféré plus violent, d'un esprit plus autoritaire, plus mâle en un mot.

S'il s'était révolté à son aveu, qui sait si elle ne se serait pas laissée reprendre. Pourquoi ne l'avait-il pas maudite au lieu de chercher à la consoler. Il avait trouvé sa chute toute naturelle, alors qu'il aurait dû la haïr ; elle aurait tout accepté de lui en ce moment-là, même qu'il l'eût battue. C'eût été une preuve de son amour et de sa passion.

Mais quelle avait été son attitude ? Il s'était laissé aller à sa douleur, au lieu de se révolter ! Bien plus, il avait imploré par pitié quelques bribes d'amour !

Aussi sa résolution était prise, elle le guérirait tout doucement, elle espacerait ses visites et partirait de très bonne heure pour la campagne.

Le baron de Saux ne l'avait-il pas invitée avec son mari à aller passer un mois dans sa propriété des Alpes. Elle en profiterait et puisque cette occasion se présentait ce lui serait un prétexte pour couper court à son amour. Jusqu'au moment du départ elle continuerait à être pour lui la « tendre amie » et plus tard il garderait d'elle le meilleur souvenir.

On était en juillet et quinze jours à peine les séparaient des vacances qu'elle prenait régulièrement chaque année.

Vainement Martel la supplia de rester : elle fut inflexible. Il voulait du moins lui faire promettre d'écrire et implora l'autorisation de répondre.

Elle sut lui faire comprendre tout le danger qu'il pourrait y avoir pour elle dans cette correspondance.

Elle partit, et jusqu'au dernier moment elle lui laissa l'illusion qu'il était toujours tendrement aimé.

Les jours qui suivirent furent parmi les plus douloureux que passa le D' Martel. Partout il la voyait ; il se plaisait à refaire le trajet qu'il était accoutumé d'accomplir chaque jour pour la rencontrer. Tout la rappelait à lui.

Bien souvent il revint s'accouder au Peyrou à cet endroit où trois mois auparavant elle était venue à lui alors qu'il était absorbé dans la contemplation de la mer et du ciel. Vainement il cherchait à diriger son esprit vers ces sensations d'art qui autrefois le ravissaient. Son cerveau était rétif et seul son amour pour Juliette emplissait sa pensée.

Dès le jour de son départ il s'était astreint à lui écrire chaque soir et il conservait précieusement le journal de ses pensées quotidiennes afin de le lui faire lire quand elle serait de retour.

Comme l'écolier ou le soldat, il escomptait les jours, les heures, les minutes, il maudissait le temps qui s'écoulait trop lentement au gré de ses désirs : il eut voulu précipiter les événements et activer la marche des jours, pour être rapproché de l'aimée.

Dans sa solitude, il revivait le passé.

Il se rappelait ces heures divines, où dès que leurs lèvres s'étaient effleurées, elle était comme magnétisée et lui appartenait corps et âme.

Il la revoyait : ses yeux se voilaient, sa bouche murmurait des paroles inintelligibles, son visage pâlissait et tandis que ses mains serraient les siennes comme en un étau, elle s'abandonnait à ses caresses et à ses baisers !

Qu'elle était belle alors avec ses longs cheveux d'or épandus sur ses épaules, l'auréolant comme d'un manteau de lumière blonde. Dans ces moments où elle paraissait follement amoureuse, pas un mot de sa bouche, pas un regard de ses yeux qui n'annonçât le profond bonheur qu'elle éprouvait...

Puis arrivait l'heure de la séparation et il se la rappelait évoluant dans la chambre. En amoureux attentif, il l'aidait à sa toilette et interrompait fréquemment ses graves fonctions par de furtifs baisers qui retardaient toujours le moment des adieux ! Ces heures délicieuses d'un amour vrai qui se suffisait à lui-même et s'était développé sans effort n'étaient suivies d'aucun moment de tristesse.

Et Martel se remémorant tout ce passé si proche,

se demandait anxieux si son amour avait laissé dans
le cœur de Juliette une empreinte suffisamment profonde. Il sentait vaguement qu'elle lui était supérieure par la passion et qu'elle le possédait peut-être
plus qu'il ne la possédait lui-même. Et c'est avec une
impatiente terreur qu'il désirait et appréhendait son
retour.

III

Le baron de Saux possédait aux environs de Gre-
noble une superbe propriété où habitait sa vieille
mère, et chaque année, il y venait passer une partie
de l'été et de l'automne ; il adorait la chasse et en
profitait pour réunir là au moment de l'ouverture un
certain nombre de ses amis.

Le château, vieux manoir seigneurial, datait du xvi^e
siècle et avait été intelligemment restauré par le Baron qui, tout en lui conservant son caractère ancien,
l'avait légèrement modernisé. C'est dans cet ermi-
tage que Juliette avait consenti à séjourner quelque temps avec son mari.

Le baron ayant conscience de la monotonie de la
vie de campagne, avait préparé toute une série d'excursions aux environs et convié en outre quelques
amis qui devaient par leur présence apporter un peu
de gaieté dans la vieille demeure.

Juliette fut enchantée de ce nouveau genre de vie.
Chaque jour elle faisait des découvertes : sa nature
intelligente lui révélait peu à peu le charme de la

montagne. Elle goûtait surtout les promenades matinales dans la rosée, au moment où la nature s'éveille, où les divers bruits de la terre commencent à s'élever, et ne consistent encore qu'en murmures auxquels s'ajoutent le gazouillement des oiseaux.

Elle aima vite cette odeur qui émane de la terre et cette lumière bleuâtre tamisée par les vapeurs qui montent du sol aux premiers rayons du soleil.

Le baron souvent l'accompagnait dans ses promenades sous les allées ombreuses du grand parc. Il savait évoquer la beauté du décor, et toute la joie que peut procurer les divers aspects de la nature.

Au cours d'une de ces promenades, M. de Saux aborda le sujet toujours brûlant de l'amour et montra qu'il savait être éloquent, quand il le fallait.

— Vous êtes amoureux, Baron ! dit Juliette en riant.

— Peut-être.

— A votre âge... mais c'est très grave.

— C'est bien ce que je me suis déjà dit.

— Et pourrait-on connaître l'objet de votre culte ?

— Il n'est pas possible que vous n'ayez pas deviné...

Juliette tourna ses yeux vers le baron et le regarda stupéfaite.

— Mais c'est une déclaration que vous me faites là ? Voulez-vous bien vous taire ?

— Certes ajouta M. de Saux, je ne suis pas amoureux à la façon d'un jeune homme ; l'âge m'a rendu plus calme, mais laissez-moi vous dire que j'éprouve pour vous une affection dégagée de tout côté sensuel.

— N'insistez pas.

— Si, je vous aime spirituellement si vous voulez, et je serais heureux de ne pas vous être antipathique.

— Baron, je vous en supplie, taisez-vous; dès le premier mot j'aurais dû vous arrêter...

— Réfléchissez. Ne pouvez-vous pas être pour moi la sœur de charité qui consolerait et soutiendrait ma vieillesse. Votre sourire charmerait ma solitude, je vous aimerais sans trop vous le dire, mais vous pourriez le lire en mes yeux, et en reconnaissance du rayon de soleil que vous apporteriez dans ma vie, je saurais entourer votre jeunesse et votre beauté du cadre qui lui manque...

— Mais c'est un marché honteux que vous me proposez-là...

— Non, Madame, car je vous demande de vous laisser chérir comme une mère aime sa fille, comme un oncle sa nièce. Je suis déjà vieux, seul et sans famille, et malgré ma richesse, je ne suis pas heureux... Je ne suis pas exigeant, et ne vous importunerai pas.

— Si je racontais à mon mari...

— Vous ne le ferez pas. Vous êtes trop intelligente pour cela. Réfléchissez.

— Oh ! c'est tout réfléchi. D'ailleurs vous n'avez

pas songé un seul instant que vos assiduités me com-
promettraient vite et que bientôt nous serions la fa-
ble de toute la ville.

— Si, j'ai tout prévu. Votre mari sera nommé à la
rentrée d'octobre à Paris.

— Comment cela ?

— J'en ai la promesse formelle.

— Mais qui vous a...

— Votre mari lui-même qui voulait vous en faire
la surprise. Croyez bien que je suis navré de lui avoir
enlevé le plaisir de vous l'annoncer lui-même.

— Adieu.

Juliette rentra précipitamment au château. Elle
prit le prétexte d'une forte migraine pour ne pas descendre et resta enfermée toute la journée dans sa
chambre. Elle était à un moment décisif de sa vie.
Elle se vit condamnée à rester toujours à Montpellier. La petite cour d'adorateurs qu'elle s'était faite
ne durerait pas constamment. Les rares distractions
intellectuelles qu'elle avait ne lui suffisaient déjà plus,
elle avait cru aimer, elle avait peut-être aimé, mais
son amour n'avait été qu'un leurre. Et voilà qu'une
occasion inespérée s'offrait à elle d'aller habiter Paris, ce Paris dont elle avait tant rêvé dont les plaisirs
étaient encore présents à ses yeux, à son imagination.
Elle hésitait, n'était-ce pas déchoir dans sa propre
estime que de devoir cela au baron de Saux !.. Au
fond que demandait-il? Si peu. Qu'offrait-il? Tout !..

Puis son esprit se reportait sur son mari, qui avait

accepté la proposition du baron. Pour lui, c'était
l'avenir assuré, la gloire, la récompense de toute une
vie de labeur et d'efforts. Avait-elle le droit de lui enlever cette illusion ? Pourtant une répugnance la prenait quand elle pensait à M. de Saux. Involontairement elle le comparait au Dr Martel, dont l'élégance
fine était encore présente à ses souvenirs. Que dirait-
il, *lui*, s'il savait. Et elle craignait de le faire trop
souffrir. Puis considérant leurs situations respecti-
ves, elle dut s'avouer que c'était de ce côté aussi la
meilleure solution qui pût intervenir. L'absence et
son éloignement forcé le guériraient mieux que toutes
les bonnes paroles et les baisers de pitié qu'elle
pourrait encore lui accorder.

Le lendemain, elle avait repris sa gaieté accou-
tumée et le baron put lire en ses regards que si la
bataille avait été un instant indécise, il était maintenant à peu près assuré de la victoire. Dès lors il
s'ingénia à lui procurer toutes les distractions possi-
bles. Il multiplia les fêtes, les excursions, les dîners.
Il l'initia peu à peu à la grande vie, à l'existence de
château. Bientôt elle fut à point, son intelligence
appliquée jusque là aux préoccupations intellectuelles, se plia aux contingences mondaines, elle s'affina,
et se sentit progressivement moins dépaysée. Aussi,
lorsqu'à une soirée ultérieure, le baron qui n'avait
plus fait allusion à leur première entrevue, lui demanda
ses impressions, elle dut s'avouer presque vaincue.

—Alors, chère madame, êtes vous heureuse ?

— Oui, je le crois.

— Cette vie commence-t-elle à vous plaire. La soirée est-elle de votre goût? Le cadre vous convient-il?

— Oui certes reprit Juliette, mais je vous avouerai que je me sens encore un peu étrangère. Ce monde bizarre, à part, que je ne comprends pas bien encore ne laisse pas que de m'effrayer.

— Cela changera, si vous le voulez, je saurai vous aplanir les difficultés premières.

Juliette ne se révoltait plus, et c'est présque en souriant qu'elle répondit :

— Il me semble que je traîne après mes jupes un boulet de bourgeoisie, je n'ai pas d'ailes assez fortes encore pour voler seule.

— Bientôt, ma belle amie, vous serez la reine de ce monde qui vous effraie aujourd'hui et non pas seulement la reine en beauté et en éclat mais en tout, car ces mines altières et arrogantes ne sont que des masques qui recouvrent le plus souvent une profonde nullité.

— Vraiment ?

— Soulevez-les, et vous ne trouverez en dessous que vanité, égoïsme, puffisme ! De l'or faux, des teints faux, des airs faux, une éducation faussée et une fausse instruction.

Et comme elle s'étonnait, et avouait que malgré tout le vernis qui recouvrait ces caractères avait l'apparence du vrai.

— Ne vous y trompez pas. Il faut c'est certain, gratter la surface. Aussi parlez à ces gens en égaux, aux femmes, en supérieure, imposez vos idées à leur divagations et non seulement vous les dominerez mais vous en serez respectée.

— Mais les médisants ?

— Laissez dire ! Qui dit médisant dit sot, et la sottise ne rend ridicule que celui qui la commet.

Puis la conversation prit peu à peu un tour plus familier et plus intime, et à la fin de la soirée c'est presque sans répugnance que Juliette autorisa le baron à lui prendre un baiser. Dès lors, de jour en jour l'intimité se fit plus profonde et l'accoutumance aussi.

Quinze jours environ après cette entrevue, Pierre Fabert était nommé professeur de Philologie à la Faculté des lettres de Paris.

Quand le Dr Martel apprit cette nomination il resta atterré. Il pouvait tout supposer, mais cette solution le laissa stupéfait. En vain il aurait voulu douter encore. La carte de Fabert était là, lui, annonçant la fatale nouvelle. Et il lui fallait dompter sa douleur, aller le féliciter de cet avancement bien mérité, se réjouir avec lui, alors qu'il avait le cœur gonflé d'amertume.

Et lui, qu'allait-il devenir ? Il était prêt à tout sacrifier pour Juliette, à donner sa démission ou à demander un congé pour aller tenter la fortune à Paris. Mais qu'y ferait-il, comment parviendrait-il à vivre là-bas ? Ses titres lui serviraient bien peu. A Montpellier la vie lui était facile, il était déjà connu et sa situation de professeur, son habileté professionnelle lui avaient déjà formé une clientèle importante. Allait-il quitter tout cela, le certain pour l'incertain, la proie pour l'ombre ? Malgré l'aveuglement de son amour, il ne pouvait s'empêcher de raisonner cette situation. Une seule ressource lui restait : empêcher Juliette d'aller à Paris, mais l'aimait-elle assez pour abandonner son mari, s'il l'exigeait et pour consentir à partager sa vie.

Certes la question était grosse de conséquences, et la passion de sa maîtresse ne serait peut-être pas suffisante pour la déterminer à rester. Et plus, il réfléchissait, plus il devait s'avouer qu'il n'y avait vraiment qu'une solution pratique : la suivre. Sa résolution était prise lorsque les Fabert rentrèrent à Montpellier pour préparer leur départ.

IV

Quand le Dᵣ Martel pénétra dans le salon des Fabert il tremblait comme un homme ivre. Ses yeux hagards, sa pâleur disaient son émotion. Il tomba plutôt qu'il ne s'assit dans un fauteuil et laissa errer ses regards tout alentour. Ce n'était plus la pièce gaie où la lumière tamisée jetait partout des notes douces ; mais plutôt un salon où aurait passé un cyclone, ou qui aurait subi les effets d'un tremblement de terre : Les meubles jetés çà et là, les murs dégarnis des tableaux qui cachaient leur nudité, les bibelots disparus, tout disait la tristesse, et la hâte des départs. Martel sentit tout cela, du premier coup, et il comprit que jamais Juliette ne consentirait à rester à Montpellier. A peine rentrée, elle ne songeait qu'à repartir ; elle devait avoir la nostalgie ou plutôt le désir de Paris. Quelle femme d'ailleurs ne l'aurait pas : Paris n'est-ce pas la liberté, le plaisir sans contrôle, le rêve de tout ce qui pense, qui veut et peut jouir.

Que pourrait-il lui offrir en comparaison : son amour, c'était trop et ce n'était pas assez.

— Bonjour, Docteur.

En un froufrou, elle apparaît rayonnante, dans les vagues demi-teintes du jour agonisant. Et tout à coup il revoit l'auréole lumineuse enserrant sa fine tête le jour de leur première rencontre alors que le soleil printanier se jouait dans l'or de sa chevelure.

Aujourd'hui son profil se découpe dans la pénombre et le jour finissant endeuille son clair visage.

Son âme est-elle semblable, et son amour, autrefois si vivace, s'est-il subitement étiolé?

Martel s'interroge et l'interroge du regard pendant qu'il murmure :

— Bonjour, ma belle amie !

Elle le regarde, le trouve changé, la figure apâlie, les traits tirés, la mine fatiguée, alors elle s'inquiète et devient caline.

— Qu'avez-vous donc, mon ami, pourquoi cet air morose et cette pâleur ?

— Hélas ne le savez-vous pas ? Vous partez et je vous aime ! Depuis un mois je ne pense qu'à vous revoir, et le destin au lieu d'un retour me ménage une déception si amère que j'ai peur de ne pouvoir supporter une telle douleur...

— Taisez-vous.

— Non il faut que je vous dise tout. Je vous aime Juliette; je t'aime comme jamais femme ne fût aimée et comme jamais aucune ne le sera.. Et cet amour qui fait ma force fait aussi ma souffrance, car je suis

prêt à tout sacrifier pour vous. La vie m'importe peu,
et j'appellerais volontiers la mort si...

— Ne dites pas cela, je vous en prie .. Pourquoi
voulez-vous me faire souffrir.

— Comprenez toute ma peine. Depuis votre départ
j'ai aspiré à l'heure heureuse où je pourrais enfin
vous retrouver, je n'ai eu qu'une pensée pendant ces
semaines, j'ai escompté les minutes ; l'heure allait
sonner et je me voyais arrivant les lèvres pleines de
baisers, l'esprit rempli d'allégresse, le cœur gros
de désirs, débordant d'enthousiasme amoureux, et
tout d'un coup me voilà précipité de mon rêve dans la
réalité terrible de la vie. Vous partez ! et alors que
je voudrais crier ma peine, et m'abîmer dans mon
chagrin, je suis forcé de montrer à tous un visage
placide et indifférent.

— Calmez-vous, voyons, mon ami. Quel être bizarre
vous faites.

— Que voulez-vous ma chérie, je sens en moi deux
personnalités distinctes, l'une intérieure et violente
toute pleine de chaleur, vibrant de sensations aiguës,
et l'autre calme et raisonnée mais tout extérieure et
cachant sous un masque de froideur, une âme révol-
tée.

Ce que j'éprouve est affreux, j'ai soif de vos baisers, j'ai faim de vos caresses, je voudrais m'enivrer
de votre présence et vous posséder à tout jamais.

— Vous déraisonnez, vous savez bien que c'est impossible.

— Si vous m'aimiez ?...

— Eh ! bien.

— Soyez à moi pour toujours, quittez votre mari, divorcez...

— Mais vous êtes fou.

— Pourquoi vivre dans le mensonge ? Ne pas oser un regard de peur qu'il semble implorer, ne pouvoir ni se révolter ni se plaindre, l'esprit tendu, les nerfs surexcités, des larmes pleins les yeux et ne pouvoir pleurer, n'est-ce pas là un supplice atroce. Telles sont les souffrances que j'endure depuis des mois et que vous pouvez consoler, si vous voulez.

— Non, voyez-vous je crois qu'il vaudrait mieux pour nous deux que tout fût désormais fini.

— Ah, pourquoi ?

— Je vais être franche ; je crois que vous aviez raison et que le moment n'était pas venu où je devais vous tendre la main.

— Alors... vous ne m'aimez plus ?

En prononçant ces paroles, Martel avait blémi, et penché en avant, il cherchait la réponse dans les yeux et sur les lèvres de Juliette.

Elle murmura les yeux baissés :

— Je ne sais.

Mais lui, dans un effort et dans un sanglot :

— Alors, c'est l'autre que vous aimez toujours.

— Non, je crois qu'à l'heure actuelle je n'aime vraiment personne.

— Et moi? vous ne me comptez pas, moi qui vous

adore jusque à la folie ou jusque à la mort.

Et Juliette sentant la souffrance du docteur voulut le rassurer un peu. C'est en lui prenant la main et en se faisant caline qu'elle répondit :

— Si, mon pauvre ami, je vous compte, et pour beaucoup. Et si je disais que je ne vous aime pas, je mentirais sûrement. Mais je voudrais vous détacher de moi avant qu'il ne soit trop tard.

— N'est-il pas trop tard ?

— Hélas ! c'est la question que je me pose et que j'ai peur de trop résoudre. Si vous pouviez vous guérir de moi, m'oublier ? Ne vous l'ai-je pas déjà dit : J'ai peur de ne pas vous aimer suffisamment pour vous donner beaucoup de bonheur. Cherchez en dehors de moi un amour simple et vrai. Je suis compliquée... Vous avez devant vous un avenir qui sera beau. Oubliez.

— C'est impossible, vous le savez. Si je dois vous perdre, je suis prêt à tout pour vous reprendre.

— Je vous en prie, soyez raisonnable. Gardez de moi ce cadre d'où je vous souris, en souvenir de l'heure où je vous ai follement aimé. Dites-vous que je suis morte. Moi, j'ai de vous des souvenirs bien doux qui égaieront ma solitude. Maurice, voulez-vous que nous soyons amis ?

Et dans un mouvement d'abandon elle appuya sa tête sur l'épaule de Martel. Elle ajouta :

— Vous me guérirez de ce que j'ai de gangrené dans l'âme, et moi tout doucement, je vous guérirai

de moi, et vous sortirez de la lutte en me remer-
ciant.

— Ce que vous exigez de moi, ma bien aimée, est
au-dessus de mes forces, je sens que je ne puis vivre
sans vous, moi aussi je partirai et j'irai me faire ailleurs une autre vie.

— Pourquoi ? Je vous le défends. Votre avenir est
ici : il faut rester. D'ailleurs je ne veux pas en accepter la responsabilité et si vous venez à Paris, je ne
vous recevrai pas.

Martel eut un éblouissement. Pourquoi ne voulait-
elle pas de son sacrifice. Pourtant, quelle plus grande
preuve d'amour eût-il pu lui donner ?

Il la quitta, et, en rentrant chez lui, ce souvenir
lui revenait de certaines soirées où dans ce même
salon il avait discuté sur l'amour : une des phases
du baron de Saux lui chantait aux oreilles « Convenons que le cœur est une énigme insoluble... ne divinisons pas l'amour et gardons-nous d'en faire une
vertu. »

V

Trois jours s'écoulèrent et les heures passaient mornes et tristes pour le docteur Martel. Il attendait Juliette et d'heure en heure sa souffrance augmentait. Il songeait vraiment au suicide : n'était-ce pas la solution tout indiquée, et n'était-il pas préférable d'en finir avec cette lutte dans laquelle, s'il ne succombait pas, sombrerait sa raison.

Il ne sortait plus. Rentré de l'hôpital, il s'enfermait chez lui en proie à une idée fixe : la voir et ensuite la revoir...

Ce jour-là, n'y tenant plus, il lui fit porter un billet par son valet de chambre. Et il attendait anxieux la réponse, quand on introduisit Laurent de Figuières. Celui-ci rentrait à peine d'une excursion en Hollande, où il était allé étudier sur place la peinture des grands maîtres. Tout enthousiasmé encore de son voyage dans la patrie de Rubens et de Rembrandt, il venait, dans un besoin d'expansion bien naturel, causer avec Martel.

Mais en lui voyant une figure aussi bouleversée, il resta saisi et stupéfait.

Le peintre connaissait la liaison du docteur. Il avait surpris dès les premiers jours le secret des amants, mais presque jamais il n'en avait été question entre eux. Il comprit, à la mine de Martel, qu'une nouvelle phase de cet amour était en voie d'évolution et que peut être il y aurait à faire un sauvetage. Laurent de Figuières était très au courant des faits et gestes de Juliette. Invité chez le baron de Saux, il avait surpris quelques regards entre le baron et Madame Fabert, et mille petits riens qui dénotaient déjà cependant une certaine intimité.

Il n'avait fait que passer au château, mais sa conviction était faite : Juliette était ou serait bientôt la maîtresse du baron.

Lui seul, peut-être, l'avait devinée telle qu'elle était au fond, coquette, chercheuse, détraquée.

Aussi, voyant souffrir son ami, sa résolution de le guérir, s'il était possible, fut vite prise.

C'est en souriant qu'il entamait la conversation.

— Eh bien, mon cher, quand commençons-nous ce portrait ?

— Mais quand tu voudras.

— Moi je suis prêt, mais toi ?

— Moi ?

— Oui, je crois qu'il vaudrait mieux attendre que

tu aies recouvré ta bonne mine et tes couleurs rosées.
Tu es donc toujours amoureux ?

— De plus en plus ! et j'ai bien peur que la maladie soit passée à l'état chronique.

— Oh ! oh ! c'est grave alors. C'est le moment d'user
du sanatorium, de la cure d'air, de l'isolement, de
toutes ces bonnes balivernes que vous distribuez si
bénévolement à vos malades, Messieurs de la Faculté.

— Penses-tu, monsieur le moraliste, que cela puisse
réussir ? Si tu ne connais pas de remède plus efficace !

— Si : un voyage. Tu ne connais pas la Hollande,
pars-y mon cher : tu verras un pays intéressant ! Des
Rubens superbes qui te feront oublier par leurs formes sculpturales et leur couleur, toutes les femmes
modernes et Madame Fabert en particulier !

— Tu crois donc encore à la vertu des voyages ?

— Mon cher, écoute-moi bien ! C'est vieux comme
le monde et ça réussit toujours. L'isolement, l'éloignement, c'est le meilleur remède. Le temps apaise
et guérit, et cela vous fait pour plus tard de beaux
souvenirs, tout mêlés d'amertume et de charme.

— C'est bon pour les maladies aiguës, mais pas
pour les chroniques.

— D'ailleurs, es-tu aussi malade que tu veux bien
le dire. Tu raisonnes ton cas.

— En médecin.

— Soit, mais tu raisonnes néanmoins, et tu devrais

savoir qu'il n'y a rien de tel que l'analyse pour tuer le sentiment.

— Oui, peut-être, mais le plus souvent le sentiment n'exalte-t-il pas la sensation ?

Laurent de Figuières prit alors son air le plus ironique, s'enfonça dans son fauteuil, et, mordillant le bout de sa canne, regarda Martel en souriant.

— Alors, tu crois l'aimer ?

— J'en suis sûr.

— Eh bien, mon cher ami, je vais te prouver le contraire.

Martel sourit.

— Voyons les preuves, dit-il.

— Ton amour n'est que de l'égoïsme.

— De l'égoïsme à deux, comme tout amour.

— Pas même. De l'égoïsme simplement. Je suis persuadé que, si, il y a six mois, après ta première rencontre avec Juliette, je t'avais dit : je l'aime, ou plutôt je la désire, tu n'aurais pas insisté.

— C'est possible, mais...

— Eh bien, au lieu de tout cela, tu t'es trouvé seul subitement, tu l'as étudiée instinctivement et comme le travail était difficile tu t'es laissé entraîner et tu l'as aimée, sans t'en rendre compte d'abord, et le jour où, sans un aveu, elle est tombée dans tes bras, tu t'es cru réellement supérieur, car tu t'es figuré qu'elle s'élevait jusqu'à toi alors que tu l'abaissais jusqu'à elle.

— Allons donc !

— Et tu ne t'es pas aperçu que cette femme que
tu croyais aimer, à laquelle tu t'es attaché, tu ne
l'as prise que par orgueil d'abord, et que tu l'as gar-
dée par égoïsme et par vanité. Et tu te disais : je
suis l'amant d'une femme jeune et jolie, intelligente ;
je ne puis espérer, si je viens à la perdre, retrouver
pareil trésor dans la même personne ; gardons-là
comme une bonne fortune et ne nous la laissons pas
voler.

Alors tu es devenu jaloux, irascible, par égoïsme,
insupportable enfin pour tous tes amis, puis triste,
rêveur, qui sait peut-être, poète ? Tu dois bien lui
avoir décrit l'état de ton esprit en quelques sonnets
galamment tournés.

Puis, tu as été heureux de te promener en sa com-
pagnie, de voir qu'on l'admirait, de sentir les regards
convoiteurs des hommes et haineux des femmes
fixés sur elle. Et tu étais satisfait dans ton orgueil.

Tu aurais voulu la montrer à toute la terre et crier
bien haut : Regardez-la c'est ma femme ; plus que
cela, c'est ma maîtresse ! car l'homme que vous
voyez à côté de moi et à qui je serre la main, c'est
son mari et je la lui ai volée !

— Je t'en supplie, ne remue pas tout ce passé.
Crois-tu que je n'aie pas souffert de cette promis-
cuité, de ces mensonges de mes lèvres, de mes regards, qui répugnaient à ma nature, qui me forçaient
à ravaler ma personnalité, et à déchoir vis-à-vis de
moi-même.

— Il n'empêche que partout on vous rencontrait ensemble, et que vous ne pouviez vous passer l'un de l'autre. Tu auras beau me décliner toutes ces mauvaises raisons, cela ne changera rien. D'ailleurs j'ajoute que je ne te blâme pas, et que tu es parfaitement excusable : tu as fait ton devoir d'homme, en faisant la cour à une jolie femme. C'était à elle de te résister et elle est plus coupable que toi.

Et Martel hochant la tête.

— Mais, si elle m'aime...

— Oh ! si elle t'aimait, évidemment je ne dirais plus rien : car l'amour excuse tout, l'amour vrai, l'amour pur : mais non seulement elle n'est pas digne de ton amour, mais elle ne t'aime pas.

— Que dis-tu ? et que sais-tu ?

— Je dis qu'elle ne t'aime pas, et la preuve, je vais te la fournir. Aussitôt qu'elle a compris que les plaisirs que tu pourrais lui procurer ne seraient désormais acquis qu'au prix de trop grands sacrifices, elle a songé à te remplacer. Comment interprètes-tu donc sa villégiature et l'espacement progressif de ses visites ?

— La peur d'être surprise...

— Allons donc ! Proverbe : « La peur du mari est le commencement de la sagesse ». Mais, comprends donc mon pauvre ami qu'elle eût dû y trouver un piment nouveau si elle avait eu pour toi un caprice, et se moquer de tout le monde si réellement elle t'avait aimé. Ne lui as-tu pas offert de tout quitter

pour elle, ne lui as-tu pas donné des marques sûres
de ton amour et de ton affection.

— Oui, aussi je ne puis croire à l'infamie que tu
lui prêtes.

— Eh bien, mon cher ami, c'est pourtant la vérité.
Le moment est venu où je dois te crier gare ! Tu as
affaire à une de ces détraquées, à une de ces hysté-
riques de l'imagination, à une de ces névrosées que
l'on devrait enfermer et doucher au lieu de les livrer
à la circulation.

Martel, de plus en plus blême, marchait à grands
pas dans son cabinet. Son esprit réagissait contre les accusations formulées par Laurent de Figuières, et il se sentait peu à peu ébranlé dans ses
convictions.

Ne lui avait-elle pas avoué qu'elle n'aimait personne ! Etait-il la victime de ses propres illusions.
Tout le monde y voyait donc clair dans cette femme,
sauf lui. Il eut le courage de demander :

— Et mon successeur ?

— Oh ! tu m'en demandes trop.

— Tu le connais ?

— Oui, un peu.

Martel bondit.

— Qui, jeune, riche ?

— Non, vieux, pas très exigeant probablement,
vaniteux et peu dangereux : un père noble pour demi-
vierges.

— Le baron !

Et s'affaissant tout à coup dans son fauteuil, Martel sanglota comme un enfant.

— Mais c'était à prévoir, mon pauvre Martel. Et il fallait que tu sois aveugle au dernier point ; plus niais enfin et plus naïf qu'un mari pour ne pas t'apercevoir de toute la belle combinaison de M. de Saux.

Rappelle-toi les six semaines de villégiature au château de Saux, et la nomination subite de Fabert à Paris.

Ne vois-tu pas là-dedans l'influence du baron. Il aura fait miroiter devant Juliette les charmes de la vie Parisienne, ses relations, les plaisirs de la capitale, la liberté, enfin que sais-je.

En un mois et demi et en sachant s'y prendre, on obtient tout d'une femme coquette.

— Mais...

— Il n'y a pas de mais ? il y a des faits ! Je te l'ai déjà dit :

C'est une compliquée qui joue les romans de Bourget, les uns après les autres, en les annotant : Après *Une Idylle tragique*, voilà *Mensonges*. Où cela s'arrêtera-t-il, si Bourget continue.

Et il continue !

Allons du courage, mon pauvre ami, laisse la partir sans regret, reprends tes bouquins, ou pars en voyage : je ne suis pas médecin, mais je crois que c'est là le seul remède...

Martel songeait. Il se remémorait les paroles de

Laurent de Figuières, il essayait de ressusciter le passé, ces six mois d'amour, de passion qu'il venait de vivre : son esprit évoquait les moments où, tous deux isolés du monde goûtaient le charme de la possession et l'enivrement des caresses.

Il avait sorti d'un tiroir la photographie de Juliette et il la contemplait.

A peine de trois quarts, en un discret décolleté, la tête légèrement inclinée sur l'épaule, les cheveux un peu ébouriffés et découvrant le front haut, le regard profond, la bouche rieuse sous le nez busqué, et semblant implorer le baiser. Le portrait reflétait ainsi toute sa pâleur de blonde et tout l'éclat de sa triomphante jeunesse.

Et ce front pur, et ces yeux si limpides, étaient trompeurs ?

Fallait-il croire les calomnies, et rongé par le doute, Martel s'abîmait dans sa douleur, le cœur gonflé de sanglots, des larmes plein les yeux.

Puis l'image se faisait plus obsédante, et il la revoyait telle qu'un jour de l'été dernier elle lui était apparue, entièrement nue, les cheveux dénoués et, jetée sur ses épaules la peau de tigre sur laquelle tout à l'heure encore ils se roulaient. Dans les nuages bleus de son cigare, l'image se précisait et c'était une hallucination qui, dans le jour finissant, s'emparait de son cerveau.

Martel rêvait... Depuis plusieurs nuits, il n'avait pu dormir ; la fatigue enfin venait de le vaincre et le sommeil s'appesantissait sur ses paupières alourdies.

. . . .

Une porte qu'on ouvrait le tira de sa somnolence et il avait à peine eu le temps de se ressaisir que Juliette était près de lui et lui tendait les lèvres.

— « La fortune vient en dormant, » dit-elle, avec un gai sourire. Alors vous ne m'attendiez pas.

— Si, mais je me suis sottement laissé vaincre par le sommeil qui, depuis huit jours, me fuit constamment.

— Mon pauvre ami ! Vous souffrez donc tant, tant que cela.

— Atrocement, et plus que vous ne pouvez l'imaginer.

— Alors, j'ai eu tort de venir, pour raviver vos peines et accroître votre chagrin.

— Non, ne dites pas cela. Ne savez-vous pas que votre présence est le seul remède à mon mal.

— Et pourtant nous allons nous quitter, il le faut, et c'est ma dernière visite. Nous partons dans trois jours.

— C'est donc tout à fait décidé.

— Oui. Allons... adieu...

— Pourquoi partir si vite...

— Je suis attendue, je ne puis rester. Je suis rentrée, parce que... je t'avais promis, mais, de grâce, laissez-moi partir. Nous nous faisons du mal l'un à l'autre. Abrégeons, voulez-vous, cette épreuve.

— Oh ! restez, je vous en prie.

— A quoi bon ! puisque je ne puis être à vous à tout jamais, que je ne suis pas libre de moi-même, que je suis mariée enfin !

— Eh bien, divorcez et devenez ma femme.

— Non.

— Pourquoi? Rappelez-vous le lendemain du jour où vous me fîtes ce pénible aveu. Ne m'avez-vous pas dit : Je serai plus que ta maîtresse; Je serai ta femme. Pourquoi refuser si vous m'aimez encore un peu. N'avez-vous pas besoin d'un bras solide où vous puissiez vous appuyer avec confiance. Prenez le mien.

— Mon pauvre ami, vous vous croyez fort, et je vous couche à mes pieds. En dedans de vous-même vous me maudissez peut-être, et tout haut vous m'implorez. Vous êtes faible et vous m'offrez votre appui ; n'est-ce pas moi, qui suis le maître ?

— C'est vrai et malgré les tortures que vous m'infligez, comme le chien, je rampe à vos pieds et vous baise la main ; la main qui me frappe et..... qui caresse un autre.

Les yeux hagards, Juliette articula.

— Hein, qu'avez-vous dit ?

— D'autres qui n'aimaient pas ont su se faire aimer de vous et il ne leur a fallu ni la jeunesse, ni l'intelligence...

Juliette bondit sous l'outrage et répondit :

— Je n'ai jamais aimé personne. Ai-je eu des caprices? Je ne sais. Je me suis ennuyée, voilà tout,

et je me suis distraite avec les hochets que j'ai trouvé
sous ma main.

— Et vous, les avez-vous brisés, quand ils ont
cessé de vous plaire.

— Ils ne sont pas trop usés; ils peuvent encore servir.

— Oh ! vous essayez sur moi votre pouvoir. Vous
savez que je vous aime à en mourir et vous voulez
jusqu'au bout jouir de votre triomphe. De grâce
restez l'Idéal que je me suis fait. Soyez ma femme et
enfuyons-nous, éternels amants, vers la vieille Egypte
ou le soleil réchauffera nos cœurs meurtris.

— Non, oubliez-moi. Etudiez votre cas, dites-vous
bien que je suis morte et que jamais plus je n'aimerai personne comme vous : la perle que j'ai perdue
en vous, je ne la remplacerai pas, et aucune autre
n'aura jamais l'éclat de la première.

— Alors c'est donc vrai.

— Quoi ?

— Vous êtes la maîtresse du baron de Saux.

— Qui a pu...? Et si c'était vrai ?

— Ah ! Juliette, je t'en prie détrompe-moi, je suis
fou, la passion m'égare. Je suis injuste. Je ne suis
plus maître de moi. Non, je ne puis le croire, efface
d'un baiser ce nuage de tristesse. Dis-moi que tu
m'aimes et que tout le reste est calomnie.

— A quoi bon? Le monde peut faire telles suppo-
sitions qu'il voudra : je ne suis pas la maîtresse du
baron de Saux, mais quand je la deviendrais, c'est
affaire à moi et à ma conscience.

— Ah ! plutôt que d'appartenir à ce vieux, redeve-
nez plutôt la femme de votre mari.

— Je n'ai jamais cessé de l'être, mais pourquoi,
tout comme une autre, ne goûterai je pas, puisque
l'occasion s'offre, aux plaisirs que procure l'argent.
Pourquoi ne m'en griserais-je pas comme le
malade, de la morphine bienfaisante qui lui donne le
bonheur et l'oubli. L'or que je pourrais jeter sans
compter ferait tomber à mes pieds les plus riches et
les plus intelligents ; je serais heureuse, et si jusqu'alors j'ai vécu isolée, je prendrais ma revanche...

Martel, les yeux fixés à terre, songeait : « Oh ! entendre cela et l'aimer encore ! » puis il reprit, d'un
ton qu'il s'efforça de rendre le plus indifférent.

— Et votre mari qu'en faites-vous dans tout cela.
Quel joli rôle lui ferez-vous jouer ?

— Mon mari, mon cher, est un homme intelligent,
et comprend la vie peut-être mieux que vous.

— Chacun a sa façon.

— Il sait ce qu'est le monde. Il se rend compte
que seul il ne peut me donner le bonheur auquel j'aspire et il aura le bon goût, n'en doutez pas, de me
laisser profiter des plaisirs que l'on m'offrira.

— C'est charmant ! Il n'est pas jaloux.

— Et il n'aura pas lieu de l'être, car j'ai fermé mon
cœur à double tour, et pour qu'on ne retrouve pas la
clef, je l'ai jetée à la mer. Je veux être désormais
aimée, désirée, adorée, mais jamais, vous m'enten-
dez bien, jamais je n'aimerai, je veux voir à mes pieds

tous les hommes, me réjouir de leurs sanglots, les voir mourir d'amour et de plaisir pour un de mes sourires, et je ne veux même pas leur donner ma main à baiser.

Dans un ricanement féroce, Martel répondit :

— Alors vous croyez tous les hommes capables de se courber devant vous, les amoureux de votre sévère beauté.

— Je ne le crois pas, j'en suis sûre et je m'en réjouis, car mes lèvres je ne les leur donnerai pas.

— Malheureuse ! Mais vous n'êtes plus une femme ! Vous rendez-vous bien compte de tout ce que vous venez de dire. Ah ! fou que j'étais et qui n'a pas su déceler quelles turpitudes cachait son sourire !

Et dans un emportement irraisonné, Martel saisit Juliette par le bras et, ne sachant plus ce qu'il faisait, il la poussa brusquement vers la porte en criant : Allez-vous en ! va-t-en ! va-t-en !...

. . . .

Puis, épuisé par cet effort et la tension trop longue de ses nerfs, il tomba lourdement sur le canapé en sanglotant. « La comédie est finie ! »

DEUXIÈME PARTIE

Dante

I

Une année s'écoula, au bout de laquelle Martel put croire qu'il avait enfin retrouvé la tranquillité sereine d'avant la crise.

La réaction avait été violente et, pendant plusieurs mois, l'obsession de Juliette se présentait souvent. Il avait alors des moments, des heures et des jours de mornes tristesses, des nuits sans sommeil, où la vision de sa maîtresse au bras d'un autre le hantait et le torturait atrocement.

Puis peu à peu le travail le reprit : il s'y jeta, s'y plongea tout entier.

Il s'astreignit à rédiger un traité abrupt de *Méde-*

cine *opératoire* et d'*Éléments d'anatomie*. L'étude disciplina ses idées et son esprit. Lui-même, de jour en jour, constatait la guérison prochaine.

Pour ne pas retomber dans de nouvelles crises préjudiciables à son équilibre moral, il avait peu à peu cessé toutes relations avec les familiers du ménage Fabert.

L'amitié de Laurent suffisait d'ailleurs à ses expansions, et quand il put enfin parler d'*elle* froidement, il s'aperçut qu'insensiblement l'amour avait fait place dans son cœur, non pas à un sentiment de haine ou de dégoût envers Juliette, mais à une grande pitié. Il conservait d'elle un souvenir attendri et dans l'éloignement, la considérait comme une malade que sa science impuissante n'avait pu guérir. Il en était des maladies morales comme des maux physiques, et la thérapeutique, devant certaines affections, devait se déclarer vaincue.

Il aimait de temps à autre à rappeler ses souvenirs : et peu à peu le temps y apportant, malgré tout, une ombre d'incertain, il se remémorait l'intrigue entière et certains détails, comme en des chapitres divers, un roman intéressant qu'il aurait savouré et non vécu.

Souvent il revint s'accouder aux balustrades du Peyrou, cherchant à renouveler des impressions déjà lointaines !

Et parfois il se demandait ce qu'à cette heure, elle pouvait bien faire ? Il se l'imaginait, petite bourgeoise dépaysée, tout à coup transplantée en plein Paris, se laissant aller à toutes les tentations, changeant d'amant constamment, en quête continuelle de nouvelles sensations physiques et intellectuelles.

L'aimait-il encore ? Bien souvent il s'interrogeait et n'osait trop répondre ?

Peut-être ? En réalité il ne savait...

Par un de ces derniers soirs d'automne où le soleil rougeoie les contreforts des Cévennes, et éclaire d'une teinte adoucie les flancs du pic Saint-Loup, Martel, isolé dans un coin du Peyrou, alors que les derniers échos de la musique tintaient encore à ses oreilles évoquait une fois de plus les souvenirs du passé.

Les promeneurs, comme un fleuve subitement débordé, quittaient en foule le jardin, se ruaient vers les portes et s'engouffraient dans la rue Nationale, dont le sol tout à l'heure encore, violemment éclairé par le soleil à pic, prenait soudain une teinte sombre et violette.

Dans l'éloignement, la foule moutonnait avec, sur la tonalité presque uniforme des toilettes d'automne, quelques notes claires que jetaient encore des chapeaux d'été et des corsages printaniers, de même que par un beau soir d'été, sous la clarté blafarde des étoiles, de petites vagues çà et là font miroiter un fleuve.

Le jardin tout d'un coup rejetait la foule et quelques rares flâneurs seuls restaient.

Alors Martel voulut prolonger sa sensation.

Il escalada l'Arc-de-Triomphe et là-haut, en pleine lumière du couchant, il regarda à ses pieds déferler le fleuve humain, il le vit suivre la pente naturelle, dévaler la rue de la Loge et, débouchant sur la place de la Comédie, se répandre en une immense nappe de plus en plus élargie, qui peu à peu envahissait l'Esplanade. Au loin, par delà la ville rougeâtre, la Méditerranée flamboyait au soleil, une vapeur légère s'élevait vers le midi, séparant à peine le ciel de la mer, et l'horizon était splendide, vaste et pur.

Tout grisé encore de ce merveilleux spectacle, il redescendit l'escalier sombre et revint s'asseoir au jardin. Le vieux monument semblait doré et la patine des siècles y jetait des notes de vieux cuivre...

— Bonsoir, mon cher confrère !

C'était le docteur Trinquant, chirurgien de l'hôpital Saint-Eloi, qui de sa grosse voix rude, venait de tirer Martel de sa rêverie.

Les cheveux rejetés en arrière, la barbe broussailleuse, les yeux gris abrités sous des lunettes bleutées, le docteur Trinquant, dont la réputation de clinicien s'étendait au loin, avait été le maître de Martel.

— Bonsoir, mon cher maître.

— Diable, vous êtes introuvable, j'ai « fait » l'Esplanade, la rue de la Loge, ne vous ayant pas trouvé chez vous !

— J'ai profité en effet d'un de nos derniers beaux

jours pour prolonger ma flânerie, mais quel sujet pressant...

— Voilà, dit le Dr Trinquant, sans laisser achever Martel. Je suis obligé de partir demain dans la famille de ma femme, qui habite en Normandie. Ma présence est indispensable, paraît-il, pour arranger des tas d'histoires où je n'entends goutte. Bref, je compte sur vous pour me suppléer. Il y a peu de malades, je vous ferai voir mes opérés, et s'il se présente quelque cas urgent, opérez-le.

— Entendu, je serai demain matin à l'hôpital, afin de vous accompagner dans votre visite.

Le lendemain, le Dr Trinquant était déjà là, quand Martel arriva dans la vaste salle de l'Hôpital Suburbain.

Des hautes voûtes une lumière atténuée tombait sur les lits blancs. Le pavé glissant, mosaïqué, reluisait comme une glace. Dans ce cadre, les visages des opérés anémiés par la maladie ne réflétaient pas cependant la tristesse, un espoir se lisait dans les yeux de chacun et, à chaque malade que Trinquant quittait, on sentait comme un regret de le voir s'éloigner et un soupir à peine dissimulé semblait s'envoler vers lui comme un appel désespéré. De sa bonne grosse voix un peu rude, le chirurgien apostrophait les convalescents, tandis qu'il paraissait mettre des douceurs dans les inflexions de son timbre, lorsqu'il interrogeait une opérée récente.

On eût dit qu'il évitait à dessein les sonorités trop

vibrantes qui pouvaient remuer douloureusement le
système nerveux de ses malades.

De même que ses mains puissantes qui maniaient
les bistouris et les pinces, qui cassaient et broyaient
les os, se faisaient presque caressantes et douces pour
effleurer les maux douloureux, de même sa voix mâle
s'assouplissait et modulait des sons assourdis pour
bercer la souffrance et caresser la douleur.

Martel qui l'avait eu pour maître et ami pendant
plusieurs années, avait pris à son contact de vérita=
bles leçons de sagesse et d'humanité. Comme son
maître, il savait, sans s'apitoyer sur le mal, trouver
le mot qui peut à la fois apporter la consolation et
l'espoir.

Au bout de quelques jours, il avait conquis tous
ses malades. Il s'intéressait à eux, et en retour ils lui
savaient gré de son dévouement.

L'absence de Trinquant donnait à Martel un sur=
croît de travail qui était d'ailleurs efficace à sa bonne
santé morale, car outre sa clientèle personnelle, il
avait à assurer celle de son confrère.

Ce fut pendant une de ces visites qu'il entendit un
jour prononcer le nom de Juliette. La femme d'un
officier avec laquelle les Fabert étaient en relation,
atteinte d'une grave maladie, avait été opérée par Trin=
quant. En pleine convalescence, lorsque le chirurgien
dut s'absenter, les derniers pansements furent con=
fiés au Dr Martel.

— Quels drôles de corps que les nôtres, ne trou-

vez-vous pas, docteur, et combien les pauvres femmes
sont malheureuses d'être affligées de maladies que
nos grand'mères sûrement ignoraient.

— En êtes-vous bien certaine, Madame ? Autrefois
on en mourrait, maintenant on les guérit ?

— Est-il préférable de rester infirme pour le restant de ses jours ou d'en finir une bonne fois avec
toutes ses misères ?

Et Martel devait user de persuasion pour remonter
le moral de la malade affectée.

— N'ai-je point lieu d'être triste quand je vois que
je ne suis pas une exception. Une de mes amies,
Madame Fabert, qui l'an dernier a quitté Montpellier,
se relève à peine d'une grosse maladie, et m'annonce
sa prochaine arrivée ici pour hâter sa guérison et
achever sa convalescence.

Un frisson avait parcouru Martel des pieds à la tête ;
il lui sembla que son cerveau s'était figé subitement,
tout de glace, ne pensant plus, mais résonnant au
son des paroles prononcées devant lui.

Il abrégea sa visite et sortit.

Ses tempes battaient, ses oreilles bourdonnaient...
Allait-il être repris par le souvenir, et devrait-il supporter de nouveau cette vision de Juliette, cette fois
anémiée, malade et peut-être n'étant plus que le fantôme d'elle-même, de même que son souvenir n'était
plus que le fantôme de son amour.

Quelques jours plus tard, il revenait voir sa malade
et apprenait la prochaine arrivée de Juliette.

Aussi ce fut avec un véritable soupir de soulagement, que Martel accueillit le retour du Dr Trinquant. Il prétexta un peu de fatigue et aussitôt le chirurgien réinstallé, il quitta Montpellier afin d'échapper à la rencontre de son ancienne maîtresse.

Deux jours après le départ de Martel Juliette arrivait à Montpellier.

Qui eût reconnu dans cette jeune femme, mince, exsangue, aux yeux caves, un voile sur la voix comme sur le visage, la belle créature de joie et d'amour qui, un an auparavant, s'était envolée vers Paris.

Son teint blafard, sa pâleur, et par-dessus tout son amaigrissement général, dénotaient un état inquiétant, ou les suites d'une grave maladie.

— Vous me trouvez changée, n'est-ce pas ma chère amie ?

— Oh ! un peu amaigrie seulement, mais notre beau soleil vous remettra complètement.

— Hélas, j'ai bien peur qu'il ne m'achève.

Et lentement, en remontant la rue Maguelonne sous l'ardeur crue du soleil de midi, en pleine lumière et en pleine chaleur, Juliette se sentait retransportée une année en arrière, au temps où, débordante de santé, elle allait de son pas léger et rapide, vers la jouissance et le plaisir.

A peine installée chez son amie, elle se remit à revivre et les heures lointaines et douces et celles plus récentes et plus amères. Que d'événements écoulés pendant cette dernière année, que de transes et d'angoisses, depuis la rupture avec Martel, jusqu'au jour où, tout danger conjuré, le médecin lui avait ordonné de partir de suite pour le midi. Elle avait accepté de venir à Montpellier, à cause de ses amis d'abord, puis aussi, elle devait bien se l'avouer, attirée malgré elle vers celui dont l'amour avait voulu la régénérer, et qui peut-être, s'il l'aimait encore, lui ferait oublier ses peines et, en médecin de l'âme, voudrait bien entreprendre sa guérison complète. Ces douze mois avaient-ils apporté à sa passion un peu de calme, l'apaisement complet, ou... l'oubli.

Elle souhaitait ardemment le voir, lui demander pardon, en même temps qu'implorer sa pitié et se réhabiliter à ses yeux.

Aussi, sa déception fut grande quand elle apprit que Martel avait quitté Montpellier, pour un temps indéterminé, mais sa résolution fut vite prise. Elle attendrait son retour, et quels que fussent les obstacles, elle les surmonterait.

Les nerfs maintenant la dominaient, et son esprit jadis si pondéré, ne pouvait plus raisonner. Elle se raidit contre cette idée et, patiemment attendit...

Les derniers beaux jours d'automne l'attirèrent dans les promenades basses du Peyrou. Le soleil apportait un peu d'apaisement à son mal qu'elle sentait profond et peut-être incurable.

Son amie n'avait pas trop osé l'interroger sur l'origine de sa maladie, et Juliette ne s'était pas livrée. Pourtant, un jour où elle semblait plus désespérée que jamais, elle se laissa aller aux confidences.

Une fausse couche dont les suites mal soignées avaient provoqué une inflammation péritonéale, l'avait laissée pendant un mois entre la vie et la mort. Elle disait alors ses nuits d'insomnie, les souffrances sourdes ou aiguës qui lui brisaient les reins, la fièvre quotidienne et sa crainte perpétuelle qu'une nouvelle rechute se produisit ; les douleurs lombaires ne l'avaient pas quittée, et maintenant c'était parfois tout le ventre qui était le siège d'une douleur continue ou lancinante.

— Mais il faut voir le Dr Trinquant, ma chère amie, il ne faut pas rester ainsi.

Juliette avait peur, une peur irraisonnée, peur surtout de savoir, et elle refusait.

— Mon médecin de Paris, alléguait-elle, m'a conseillé le repos, à quoi bon changer de régime, puisqu'il ne me réussit pas trop mal. Depuis que je suis ici, voyez je vais mieux, bien mieux.

— Mais, ma chère, cela n'engage à rien. Allons, quand le Dr Trinquant viendra me voir, je le préviendrai.

Et Juliette accepta la consultation. Trinquant ne dissimula pas la gravité du cas, et laissa pressentir qu'une opération seule serait susceptible d'amener une amélioration persistante et ensuite une guérison radicale.

Juliette fut atterrée, mais elle ne voulut pas prendre de décision avant d'avoir l'avis d'un autre chirurgien. Et, quand Trinquant qui ignorait tout de sa liaison antérieure, eut prononcé le nom du D' Martel, elle accepta de suite.

Toutefois, craignant que Martel ne refusât, elle résolut de lui écrire, en le priant d'oublier le passé, et de ne voir en elle qu'une malade, n'implorant plus rien de sa pitié, mais réclamant le secours de sa science.

A la lecture de cette lettre, le premier mouvement de Martel fut évidemment de refuser, mais il jugea vite que cette façon de procéder serait maladroite, éveillerait les soupçons de Trinquant, et peut-être aggraverait encore le mal inconnu dont souffrait Juliette.

Il accepta et, quelques jours après, la consultation eut lieu.

Martel devant Juliette ne laissa rien paraître du trouble intense que sa vue amenait en lui-même : il s'efforça de rester le médecin, envisagea froidement la situation, et établit nettement son diagnostic. Il évitait de regarder Juliette, mais il sentait ses yeux fixés sur lui, interrogeant le masque impénétrable de son visage, cherchant à surprendre la vérité, un signe d'inquiétude, de découragement ou d'espoir.

Rien. Martel avait, par un effort suprême, conservé toute sa froideur, sa voix était blanche, terne, sans aucune inflexion, comme s'il eût récité une leçon d'anatomie.

Quant à elle, son émotion était extrême. Etendue presque nue sur le lit, elle sentait les mains du médecin scruter ses entrailles, cherchant à deviner quel travail de destruction s'était accompli dans son organisme, pourtant si admirablement équilibré.

Par moments, elle fermait instinctivement les yeux et, domptant ses nerfs, serrait les lèvres pour ne pas crier, lorsque la douleur était trop violente et trop précise.

Quand il eut fini son examen, Martel l'enveloppa d'un long regard qui n'était plus celui du médecin, mais de l'amant qui constate douloureusement la déchéance de l'être qu'il avait tant aimé... Leurs yeux se rencontrèrent et, dans la muette interrogation du docteur, Juliette lut ce reproche : « Qu'avez-vous fait de votre corps, de votre beauté ? Ne répondez pas... j'ai tout compris. »

Et la réponse se lisait également dans les yeux de Juliette voilés de larmes mal contenues : « Pardon ».

Une opération s'imposait : tel était également l'avis du Dʳ Martel. Les douleurs bien localisées, l'amaigrissement général et les sensations accusées par la malade, tout dénotait une salpyngite en voie d'évolution, et dont la terminaison pouvait être fatale.

Dès qu'elle apprit qu'une opération était indispensable, Juliette fut prise d'une crise de larmes et de sanglots à laquelle succéda une longue prostration.

Le lendemain elle se présentait à la consultation du Dr Martel.

Celui-ci après l'avoir quittée la veille, presque aussitôt avait retrouvé le calme. A présent, il était bien certain de sa guérison morale ; il n'aimait plus et la première émotion passée, il était resté maître absolu de ses pensées et avait pu considérer son ancienne maîtresse comme une cliente ordinaire.

Pour lui, la femme de l'année précédente et celle qu'il venait de voir étendue pâle et blême, étaient deux femmes diférentes et par l'aspect physique et par l'aspect moral.

Et c'est avec cette constatation et l'esprit complétement tranquille que Martel était rentré chez lui.

Aussi, le lendemain quand Mme Fabert se fit annoncer, il eut un mouvement de surprise, mais son cœur resta froid, et c'est très calme et sûr de lui qu'il prononça le traditionnel :

— Faites entrer.

— Pardonnez-moi, mon ami, d'oser cette visite auprès de vous, mais depuis hier j'ai passé par tant d'émotions à la fois si atroces et si douces, si diverses, enfin, qu'il me semble que vous seul pouvez être mon consolateur et mon refuge.

Pendant qu'elle parlait, Martel la regardait et se demandait si la beauté de son corps n'était pas rentrée en elle-même, et si cette maladie et ses souffrances n'avaient pas changé son esprit et son cœur, comme ils avaient affiné ses traits.

Elle n'était plus belle, mais elle était autre.

— Parlez, que voulez-vous de moi ? Vous savez bien que mon amitié vous est acquise.

— Oh ! merci et pardon de nous avoir fait souffrir, d'avoir marché sur votre cœur, comme je l'ai fait. Je suis punie, mais il était écrit qu'il fallait que je vous revoie.

Et dans un élan elle s'était jetée aux pieds de Martel et lui embrassait les mains.

Sanglotant, elle continuait :

— Oui, maintenant que vous ne pouvez plus m'aimer, car je suis enlaidie et malade, mon châtiment est de vous aimer plus que je ne pouvais le croire... Vous me trouvez bien changée ? n'est-ce pas ?

Martel n'osait répondre.

Elle soupira doucement et à voix basse :

— Et vous ne m'aimerez plus jamais ?... jamais !... »

— Allons, ma chère amie, calmez-vous. Quand vous serez guérie, tout à fait bien portante, vos belles couleurs reviendront, et de cette vilaine crise que vous traversez, il ne vous restera qu'un pénible souvenir.

— Croyez vous que je puisse guérir ?

— Certainement.

— Eh bien, je veux, non, je vous en prie... Maurice..., je voudrais que vous soyez là quand on devra m'opérer.

— Mais...

— Promettez-moi que vous ne m'abandonnerez pas
à ce moment : je serai plus vaillante, et si je dois en
mourir, au moins vous aurez eu mon dernier regard
et ma dernière pensée.

— Eh bien... oui, je promets.

— Merci ! Maintenant je suis heureuse et j'accep-
terai tout. D'ailleurs il n'est pas possible que je souffre plus que je n'ai souffert depuis le jour où je suis
entrée dans cette maison maudite de la rue des Mar-
tyrs !...

Martel eut un geste évasif et voulait éviter la con-
fidence mais Juliette poursuivit :

— Si, il faut que vous sachiez tout, il faut que votre
mépris soit aussi fort que votre pitié, afin que vous
ne puissiez plus m'aimer, moi qui ai été indigne de
votre amour.

Je veux boire jusqu'à la lie le calice d'amertume,
et vous montrer par mon humiliation combien je re-
grette le passé, à présent que j'ai compris vraiment
combien vous m'aimiez. L'expérience a été rude,
mais le châtiment ne sera pas trop grand...

Oui j'ai eu le courage de me livrer aux manœuvres
honteuses d'une mégère qui, sans aucun souci des
règles les plus élémentaires de la propreté, m'a non
seulement délivrée mais infectée.

Comprenez-vous tout le dégoût que m'inspire à
l'heure actuelle ce que j'ai fait... Aussitôt entrée dans
cette clinique louche, j'aurais voulu en sortir... Il

était trop tard. Vous raconterais-je mes angoisses, mes pleurs, mes nuits d'insomnie et de désespoir, enfin la délivrance et puis la rechute et le délire, la fièvre, et la honte par-dessus tout.

C'est alors que j'ai compris tout ce que votre amour avait de pur, de loyal et de sincère.

Ah ! si je vous avais écouté ! Et tout notre passé renaissait en mon esprit. Je me remémorais nos doux entretiens vos baisers et vos caresses.

— Taisez-vous.

— Non, il faut que vous sachiez tout. Puis peu à peu dans mes cauchemars tout s'évanouissait autour de moi. Vous seul restiez près de mon lit, interrogeant mon pouls, surveillant ma respiration, et de ces rêves étranges je sortais plus calme de jour en jour. Et quand le médecin annonça la convalescence, vous m'aviez reconquise entièrement, et je vous aimais comme je ne vous avais jamais aimé.

Alors, j'ai agi de tout mon pouvoir pour venir passer l'hiver dans le Midi, et c'est à Montpellier que je voulais venir et c'est vous, c'est toi que je voulais voir par-dessus tout, et si je meurs, au moins je mourrai satisfaite parce que je me serai rehabilitée à vos yeux et que vous m'aurez pardonné. — Oh dites moi que vous me pardonnez...

De nouveau, elle était à ses pieds, Martel très ému prononça faiblement « oui », puis chastement l'embrassa sur le front et la força à se relever.

— Oh merci, vous êtes bon, comme vous l'avez toujours été envers moi.

— Allons ma chère amie, maintenant il faut être bien raisonnable, ne plus s'énerver, afin que, le grand jour arrivé, tout marche à souhait. Ne pensons plus qu'à la guérison définitive.

Martel s'efforçait d'employer des phrases impersonnelles n'osant proférer ni le *vous* solennel, ni le *tu* trop intime et qui aurait pu laisser croire à Juliette qu'il était toujours aussi épris.

Juliette sortit du cabinet du Dr Martel sinon joyeuse du moins un peu plus calme qu'elle n'y était entrée. Elle avait obtenu le pardon qu'elle venait solliciter : si son humiliation avait été complète c'est qu'elle l'avait voulu ainsi et elle estimait qu'elle n'avait pas payé trop cher par ses aveux la tranquillité morale qu'elle venait de recouvrer.

Depuis trois mois en effet, comme elle l'avait avoué à Martel, elle avait passé par tant d'alternatives ! son esprit et son corps avaient tellement changé que sa nervosité était devenue extrême.

Le désir de revoir Martel qui seul, pensait-elle, pouvait la guérir physiquement et moralement était devenu si impérieux qu'il avait ressuscité son amour et l'avait exalté jusqu'à l'obsession lancinante. Son mari dont elle évitait de parler et qu'elle considérait presque comme un étranger, accoutumé peu à peu aux idées fantasques de sa femme et ayant en elle une confiance presque illimitée avait laissé faire et tout accepté sans aucune observation. Il avait été inquiet de la voir malade, mais d'une superbe inconscience, dès que les médecins lui eurent assuré que tout danger immédiat était conjuré, il avait repris ses occupations philologiques.

En vrai savant, il avait manifesté sa satisfaction de la fin d'une maladie qui lui avait fait perdre un temps précieux pour ses études et ses laborieuses recherches.

Chaque jour en effet, il passait à la Bibliothèque Nationale des heures délicieuses et rentrait au logis les poches bourrées de notes que les longues soirées suffisaient à peine à mettre au net.

Comment aurait-il eu le temps de s'occuper de sa femme? Aussi, après l'avoir conduite à la gare de Lyon, il respira et, l'esprit rasséréné, pensa qu'il allait enfin pouvoir travailler à l'aise.

Quand Juliette lui annonça qu'une opération était nécessaire mais que la gravité n'en était pas considérable et que seule d'après l'avis des chirurgiens une ovariotomie devait lui rendre la santé pour toujours, il accorda aussitôt son consentement et prévint qu'il arriverait la veille à Montpellier puisque Juliette refusait de se faire opérer à Paris.

Quant au baron de Saux, sa conduite avait été assez bizarre et Juliette avait pu mesurer la différence d'affection qui existait entre lui et le Dr Martel. D'un superbe égoïsme, le baron n'avait vu dans la conquête de Juliette qu'une bonne fortune que sa richesse lui

permettait de s'offrir. Dès qu'il eut fait le tour de son corps et eut assouvi son désir, il chercha peu à peu à s'en détacher. La maladie de Juliette, à laquelle il n'était peut-être pas tout à fait étranger, précipita la rupture : ses visites se firent plus rares, puis un jour il disparut subitement, sous le fallacieux prétexte d'aller en Dauphiné auprès de sa vieille mère toujours souffrante.

Si l'espoir d'une vie mondaine avait été vif chez Juliette, la désillusion n'en fût que plus profonde, et l'abandon du baron, dans ces tristes circonstances, n'eut pour résultat que de lui faire regretter encore plus amèrement l'amour de Martel.

De tous ceux qui l'avaient approchée lui seul avait vraiment su la comprendre et l'aimer et quand brutalement, l'année précédente, il avait eu le courage de la jeter presque à la porte, c'était parce qu'il l'aimait vraiment et passionnément et qu'il était désolé de voir son idole se briser devant lui !

Pourquoi n'avait-elle pas compris tout cela ? Pourquoi à cette heure-là n'avait-elle pas tout accepté de lui, pourquoi ne s'était-elle pas jetée à ses pieds en lui demandant pardon, et en lui disant de disposer d'elle, comme il l'entendrait ? Quel démon de luxure et d'envie la possédait donc à ce moment ?

Et quand elle songeait à ce passé, elle se demandait parfois si vraiment elle était la même femme ?

Maintenant, il était trop tard, elle sentait que Mar-

tel ne pourrait plus l'aimer comme autrefois, et, comme
elle le lui avait dit, c'était son châtiment.

Cette obsession constante, et cette quasi-certitude
d'avoir manqué sa vie, étaient sans cesse présentes à
son esprit. Elle se revoyait dans ses bras, adorée et
aimée d'un amour si profond que ses moindres caprices eussent pu être exaucés par lui. Qu'espérait-
elle donc ? Quand elle l'avait connu, elle n'était plus
une novice, elle avait aimé, ou peut être cru aimer...
Et elle devait s'avouer qu'avant tout elle avait cherché
des sensations et fui le sentiment.

La maladie en lui interdisant tout rapprochement
sexuel devait fatalement exalter son esprit et changer
en appétit de jouissances cérébrales, les désirs que
la nature avait refrénés. Le sentiment qu'elle éprouvait en ce moment était une sorte de mysticisme éro-
tique ; depuis qu'elle avait revu Martel, elle ne le désirait pas comme amant : elle l'aimait, et aucune
pensée physique ne venait corrompre cet amour tout
spirituel. Il lui semblait qu'elle eût vécu des années
auprès de lui pour le simple plaisir de le voir, de le
regarder agir, penser, n'exigeant de lui qu'un baiser
sur le front pour la remercier de sa dévotion. Car
c'était véritablement une adoration spéciale qu'elle
avait pour lui, et si son esprit éclairé et rationnel ne
l'eût pas soutenue à son insu, c'est vers la religion
qu'elle serait allée, comme toutes les incomprises, ou
les grandes amoureuses qui après une désillusion
viennent se jeter aux pieds de Celui qui peut seul les

consoler de leurs déboires et les réconforter de son amour puisqu'il n'est pas de ce monde.

L'évolution de Juliette était donc fatale et Martel en y réfléchissant l'analysait avec toute la perspicacité et l'acuité de jugement qu'il possédait.

Au premier abord il avait été surpris et se demandait s'il ne rêvait pas, quand Juliette lui avait demandé d'assister à son opération. Cette insistance à réclamer sa présence à cette occasion renversait toutes ses théories médicales et psychologiques. N'était-ce pas un sadisme particulier de la part de son ancienne maîtresse d'oser presque exiger que son amant fût auprès d'elle, au moment où nue on la coucherait sur la table d'opérations pour fouiller jusqu'aux profondeurs les plus intimes de son sexe. Cela dénotait un tel illogisme de la part d'un esprit pondéré que Martel ne pouvait accepter. Et ce ne fut qu'après avoir prononcé le « Mais » qui devait précéder son refus, qu'il la sentit folle de passion mal contenue et qu'il comprit le besoin de sacrifice et d'expiation qui seul l'avait poussée à cette demande. A présent quand il y songeait, il se prenait à se repentir de son élan de pitié, et il cherchait en vain quelle défaite opposer à son acquiescement.

Une lettre de Juliette précipita les événements :

« Mon cher docteur.

« Le Dr Trinquant doit m'opérer un des jours de la

semaine prochaine et j'entrerai à sa clinique lundi matin dans ce but.

« Est-il besoin de vous rappeler votre promesse, et de vous assurer que seule votre présence pourra me donner un peu de courage et m'aider à supporter ces dures épreuves.

« N'ayez pas la cruauté de me laisser aller au sacrifice et peut-être à la mort, sans que j'aie pu lire au moment suprême le pardon dans vos yeux, comme vous pourrez voir dans les miens l'intensité de l'amour de votre

JULIETTE. »

III

La nuit qui précéda le jour fixé, Juliette dormit
peu. Quoique bien résolue à subir cette opération,
elle était cependant fort impressionnée, les douleurs
n'avaient pas augmenté et maintenant elle avait peur
de mourir... Qui sait, peut-être aurait-elle pu guérir
sans être opérée.

Mais il était trop tard et elle sentait que, malgré
tout, sa volonté était annihilée.

Pendant ces quelques heures qui la séparaient du
moment où elle allait être transportée sur la table d'o-
pération elle se rappelait son existence. Tout le passé
renaissait en quelques minutes et elle se disait que
peut-être ce retour en arrière serait le dernier souvenir qu'elle aurait de cette vie. Et malgré elle, les vers
du poète chantaient à son esprit :

De quoi demain sera-t-il fait...

. . . .

Et elle se prit à les réciter :

Demain c'est Waterloo
Demain c'est Sainte-Hélène, demain, c'est le *tombeau*.

Et ce dernier vers comme un glas résonnait à ses oreilles !

Non ce n'était pas possible, elle ne pouvait pas mourir. D'ailleurs Martel et Trinquant lui avaient affirmé la guérison : elle revivrait puis elle irait passer sa convalescence dans le petit village des Cévennes où elle était née.

Alors elle se revoyait petite fille, aux jupes courtes, à la natte flottante, promenant sa mignardise dans la cour et les classes de l'école dont son père était instituteur. Elle avait vécu là librement les toutes premières années de sa jeunesse, mêlée aux jeux des garçons qui lui faisaient la cour et recherchaient ses bonnes grâces pour se faire « bien voir du maître. »

Elle essayait déjà sur ses petits camarades sa puissance féminine, elle posait à la « petite dame » apprenait de ci de là, poussant un peu en sauvageon au milieu de tous ces bambins.

Puis c'avait été l'exode, la pension où on l'avait mise pour en faire une belle demoiselle. Elle y avait pris son brevet supérieur et un jour sans savoir au juste comment cela avait pu se faire, elle s'était trouvée Madame Fabert : la petite fille de l'instituteur avait épousé un grave professeur de Faculté sans amour, sans désirs : elle avait suivi sa destinée : elle avait été femme, puis elle avait aimé. On l'avait aimée... et maintenant peut-être elle allait mourir. Et des larmes perlaient au bord de ses cils ; de petites souvenirs

surgissaient encore de son esprit, elle s'y abandonnait et remontait ainsi peu à peu et de proche en proche le cours des années. Une sœur en cornette blanche
aux pas veloutés s'approchait près du lit.

— Comment allez-vous Madame Fabert

Juliette ouvrit les yeux.

— Hélas, ma bonne Sœur, j'ai bien peur.

La sœur Sainte-Jeanne sourit doucement.

— Voulez-vous bien vous taire, moi qui vous
croyais si vaillante ! Cela ne sera rien du tout et dans
huit jours vous vous promènerez sous nos grands
arbres. Voyez comme l'automne est beau cette année.
On dirait qu'il se prolonge pour la grande joie des
malades.

— Puissiez-vous dire vrai, ma Sœur, mais quand
même je ne suis pas rassurée.

La sœur Sainte-Jeanne lui sourit avec bonté, laissant
lire dans ses grands yeux tout l'intérêt qu'elle portait
à sa malade.

Elle était le dévouement personnifié et savait d'un
regard calmer une souffrance et remonter le moral
affecté.

— Allons Madame, soyez donc raisonnable. Que
dirait le Dr Trinquant s'il vous voyait aussi tourmen-
tée : lui qui faisait l'éloge de votre courage ces jours
derniers ! Dans un quart d'heure vous dormirez, et
dans une heure vous serez de nouveau dans votre
lit tout étonnée que cela se soit passé si vite et à votre
insu.

— Mais j'entends le Dr Martel, soyez bien raisonnable, je reviens.

Martel entrait.

Tout vêtu d'une longue blouse blanche, les bras
nus, il lui produisit une impression bizarre qu'elle
n'aurait su analyser.

— Qu'est-ce que cela ? dit-elle en montrant du
doigt la pince à langue acrochée à la blouse.

— Oh rien, une pince égarée, dit Martel en détachant l'instrument qu'il plaça sur une table...

Ils étaient seuls, et à ce moment suprême, ils ne
pouvaient trouver les mots qui eussent pu traduire
leurs pensées.

Doucement Juliette releva les yeux sur Martel et
murmura « Merci ». Puis elle lui tendit la main.

Il s'approcha et baisa le bout des doigts.

— Vous m'avez pardonné, Martel ?

— Oui...

— Oh ! je suis heureuse, et pour goûter plus intimement son bonheur, elle ferma les yeux.

La sœur Sainte-Jeanne rentrait.

— Vous pourrez commencer, docteur, le Dr Trinquant sera prêt dans un instant.

— Allons, soyez bien sage, Madame, dit Martel, et
respirez bien tranquillement, bien profondément : vous
vous endormirez sans fatigue et vous vous réveillerez
guérie.

Il versa quelques goutes de chloroforme sur
la compresse qu'il appliqua en cornet au-dessous du

nez de Juliette. Suffoquée par l'odeur elle ouvrit brusquement les yeux et regarda Martel qui lui souriait... Il lui parut très haut, très grand au-dessus d'elle, se perdant presque dans le plafond, puis elle ne vit bientôt plus que ses yeux qui la fixaient étrangement, elle voulut relever la tête, déchirer cette compresse qui l'étouffait, mais ses mains n'étaient plus libres. Quelques mouvements brusques vite réprimés, et il lui sembla que tout s'en allait autour d'elle, elle tombait dans un grand trou sombre, où des cloches bourdonnaient à ses oreilles. Des voix sépulcrales tintaient dans le lointain, sa conscience peu à peu s'en allait ; puis tout d'un coup elle ne sentit plus rien, elle était brisée, et à peine eut-elle la sensation que Martel l'enlevait dans ses bras pour la transporter dans la salle d'opération voisine.

Trinquant, était là vérifiant ses cuvettes pleines d'instruments donnant le dernier coup d'œil avant la bataille.

— Elle dort bien ? dit-il.

— Oui, dit Martel après avoir entr'ouvert un œil et tâté la sensibilité de la cornée.

— Et bien, enlevez lui son peignoir.

Le corps de Juliette apparut amaigri aux yeux de Martel très ému.

Toutes sortes de souvenirs affluaient en lui. Il se rappelait ce corps, splendide il y a quelques mois, palpitant sous ses caresses. Etait-ce bien là celle qu'il avait pressée entre ses bras, cette malade inerte dont

les chairs allaient saigner sous le couteau du chirurgien.

En vain il voulait s'abstraire : le passé se superpo-
sait au présent et Martel songeait tout en donnant le
chloroforme et en surveillant instinctivement l'état de
la malade.

Le ventre brossé, savonné, lavé à l'éther et à l'al-
cool, était déjà recouvert de la compresse fendue qui
servait de champ opératoire.

— Il faut se presser, dit Trinquant, car cette petite
femme ne m'a pas l'air très solide. Voyons. Vous y
êtes ? Et d'un coup de bistouri Trinquant sectionna
la peau. Deux minces filets de sang, puis de nouvelles
incisions et le péritoine ouvert, Trinquant plongeait
sa main dans la plaie béante.

— Bigre, dit-il, ça ne va pas être gai ! Mettez-
là en Trendelenburg.

La table fut basculée et Juliette, la tête en bas et le
corps retenu par les jarrets, offrit aux regards de
Trinquant le champ opératoire.

— Voyez donc, Martel, dit-il : elle a une double
salpyngite avec un utérus déjà très gros. J'ai bien
envie de lui enlever le tout, qu'en pensez-vous ? Cela
me semble plus prudent, puisqu'on ne peut pas lui
conserver seulement un ovaire.

Instinctivement Martel répondit « oui », cependant
que Trinquant avait déjà introduit des compresses
dans le ventre ouvert pour protéger l'intestin et placé
des pinces, pour limiter ses incisions.

Avec une habileté peu commune, il manœuvrait les bistouris et les ciseaux. Deux jets de sang vite arrêtés indiquèrent à Martel qu'il venait de sectionner les utérines, puis à partir de ce moment il ne vit plus rien et machinalement donna le chloroforme à Juliette.

La position de la malade la tête en bas avait dénoué ses cheveux qui couvraient comme d'un manteau blond les genoux de Martel. Il s'absorbait dans leur contemplation, et les ramenait doucement sur la tête de la malade.

Combien de fois ne l'avait-il pas caressée cette blonde chevelure sous laquelle la fine tête de sa maîtresse semblait comme auréolée...

— Là, le plus dur est fait, dit Trinquant, donnez-moi le thermo, que je purifie un peu tout cela.

Martel releva la tête, aperçut dans le plateau les organes que Trinquant venait d'enlever.

Déjà, le chirurgien promenait le couteau de platine sur la tranche de l'utérus.

Puis ce furent les sutures, la réfection du petit bassin, la « péritonisation » qu'il accomplit avec dextérité ; son aiguille courbe plongeait, disparaissait dans les tissus, puis peu à peu la plaie interne se fermait, les lèvres s'accolaient et bientôt de toute cette masse sanguinolente, il ne restait plus rien. Comme par enchantement, chaque point arrêtait une petite hémorragie, le ventre redevenait sec et lisse et la lumière crue qui tombait du plafond vitré se jouait

parmi ces tissus nacrés à peine zébrés par quelques
veines plus bleuâtres.

Un dernier coup d'œil, un dernier nettoyage avec
la compresse stérilisée et Juliette était relevée.

— Vous avez toutes vos compresses, ma Sœur.

— Oui, Docteur.

— Bien ! donnez les bronzes...

De gros fils de bronze d'aluminium furent déposés
dans le plateau, et Trinquant armé d'une aiguille
courbe et trapue, traversant la peau, les muscles, le
péritoine, rapprochait les lèvres de l'ouverture béante,
égalisait la couture, réunissait les tissus. Il semblait
employer toute sa force pour serrer ces fils rigides
qui coupaient les doigts. Martel suivait instinctivement les mouvements du chirurgien, épiant la fin de
l'opération et le moment, où le dernier fil posé, Trinquant dirait : « c'est fini ! »

D'un seul coup de ciseau les fils avaient été coupés
au ras de la suture. Puis les sœurs apportaient les
compresses, le coton stérilisé qui par couches suc-
cessives était appliqué sur le ventre.

Et la large ceinture de flanelle sanglant le tout,
les épingles fixées, Trinquant se détournait avec son
bon sourire, satisfait de lui, de sa malade, heureux
d'avoir pu soulager et peut-être guérir une condamnée de plus. Puis Juliette était retransportée dans
son lit autour duquel deux sœurs attendaient son
réveil.

— Je crois que nous avons eu raison de lui faire une

hystérectomie totale dit Trinquant. Je suis plus tranquille. Voyez donc... cet utérus était déjà fibroma-
teux et avec cette collection purulente de chaque
côté... et il tranchait l'utérus :

— Pour un sale cas, c'était plutôt un sale cas ! et
il rejeta l'organe dans le plateau. Mais je serais bien
étonné, si cela n'allait pas bien. Pas d'accroc en
somme. Elle n'a pas perdu de sang, pas de pus dans
le ventre, elle a toutes les chances. Néanmoins si cela
ne marchait pas, passez donc ce soir, Martel, et faites lui un litre de sérum.

— Entendu, dit Martel, je passerai.

Et vivement, il revêtit ses habits de ville.

Il avait hâte, à présent que c'était fini de prendre
l'air, de respirer un peu, et de secouer les émotions
de la matinée.

Pourtant avant de sortir, il entra dans la chambre
de Juliette.

— Est-elle réveillée demanda-t-il.

Au son de sa voix, Juliette ouvrit les yeux, regarda
fixement autour d'elle puis aperçut le Dr Martel.

— Où suis-je ? murmura-t-elle.

— Ne parlez pas Madame, dit la sœur Sainte
Jeanne, vous êtes dans votre lit, votre opération est
terminée, et vous allez guérir.

— Oh j'ai mal ! j'ai soif !

— Ne remuez pas. Reposez-vous.

Et doucement les deux sœurs maintenaient Ju-

liette dans le lit et empêchaient ses mouvements in-
tempestifs. Martel sortit.

— Je passerai ce soir, dit-il à la sœur Sainte Jeanne,
et si cela n'allait pas je ferai une injection de sérum...
Si elle souffre trop dans la journée faites-lui cet après-
midi une piqûre d'héroïne.

En quittant la maison de santé, machinalement
Martel se dirigea vers le Peyrou. Mais il se sentit
trop ému et ne voulut pas prolonger sa douleur par
des souvenirs trop précis. Il rentra chez lui et attendit le soir. Vers cinq heures il reparut à l'hôpital. Il
trouva Juliette les yeux grands ouverts perdus dans
le vague, la respiration un peu haletante, le pouls
petit, avec une fièvre légère.

La sœur Sainte-Jeanne avait accompagné Martel et attendait le résultat de son examen. Juliette,
elle aussi cherchait à lire dans les yeux du Docteur
l'annonce de sa guérison ou sa condamnation.

— Elle n'a pas vomi demanda Martel ?

— Très peu Docteur, et elle ne souffre pas trop.

— Allons, Madame, un peu de courage et tout ira
bien. Pour vous remonter un peu plus vite, je vais
vous faire une injection de sérum.

Le ballon stérilisé fut muni du caoutchouc et de
l'aiguille flambée.

Le Dr Martel souleva légèrement le drap, découvrit
la cuisse et planta résolument l'aiguille sous la peau.

— Oh ! vous m'avez fait mal, soupira la malade.

La sœur Sainte-Jeanne la calma doucement.

— Ne craignez rien, Madame, après vous éprouve-
rez un grand soulagement.

— C'est vrai dit-elle je sens que cela va aller mieux.

La piqûre faite, elle tendit la main à Martel et dans
le « merci, docteur » qu'elle prononça, il fallait comprendre « je vous aime toujours ». Puis Martel
sortit et Juliette retomba dans un assoupissement
calme. Il lui semblait avoir quitté la terre, vivre très
loin, très loin en dehors du monde et sans pensées
bien précises, être aimée doucement et bercée comme
un enfant.

De temps en temps des douleurs aiguës venaient
réveiller son esprit et la rappelaient à la réalité.

Elle étouffait mal un cri de douleur. Vers le soir,
la souffrance devint plus accentuée ; il lui semblait
qu'on lui arrachait les entrailles, et elle réclama elle
même la piqûre de morphine. Puis ce fut à la suite
une langueur délicieuse, un anéantissement complet
de tout son esprit et de tout son corps, et le sommeil
vint, un sommeil léger, encore entrecoupé de hoquets
et de plaintes affaiblies que calmaient la sœur assise
à son chevet.

Ainsi la première nuit passa sans trop d'angoisse
et quand le lendemain matin Trinquant apparut, il la
trouva en bon état sans fièvre et vaillante.

— Allons, Madame, maintenant il faut nous dépê-
cher de guérir. Tout va bien, soyez raisonnable et
vous serez vite remise.

Puis il sortit avec son gros sourire.

L'amélioration continua les jours suivants et on permit bientôt à la malade de recevoir quelques visites.

Chaque jour son mari venait demander de ses nouvelles. Comme il l'en avait prévenu, arrivé la veille de l'opération, il était descendu à l'hôtel Maguelonne.

Après avoir été embrasser sa femme, en lui recommandant d'être bien courageuse, il était rentré à l'Hôtel terminer un article pour la *Revue de Philologie*.

Chaque matin, il se rendait à la maison de santé, s'informant comment la malade avait passé la nuit et la journée précédente, puis satisfait des bonnes nouvelles, plus rassurantes de jour en jour, il reprenait son labeur quotidien, tout heureux, que ce fâcheux contretemps, comme il disait, lui laissât la liberté du travail.

La première fois qu'on lui permit de voir sa femme, cet homme fruste fut cependant un peu ému. Cette grande pièce sans tenture, ce lit blanc, cet ameublement succinct l'impressionnèrent légèrement ; mais avec sa faculté d'analyse portée à l'extrême, il comprit subitement tout le côté hygiénique et pratique de cette installation rudimentaire.

Puis il aperçut sa femme étendue, parmi toute cette blancheur, plus blanche peut-être que l'oreiller sur lequel elle reposait.

Il l'embrassa doucement sur le front, lui prit la main et s'assit.

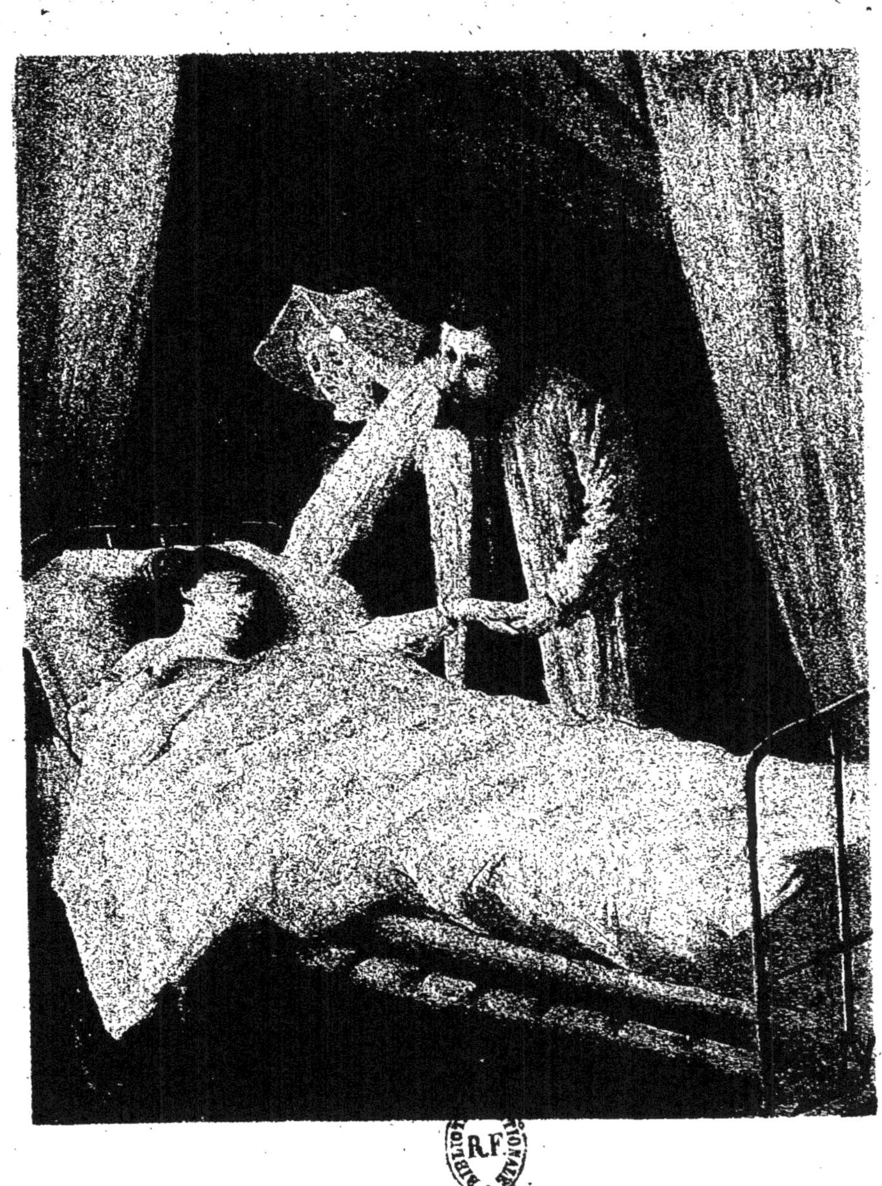

Il n'avait pas prévu, dans sa simplicité de savant, le trouble que ce milieu allait engendrer dans son esprit.

Un peu remis, peu à peu, il lui parla de leurs amis de ses travaux, des gens qui de près ou de loin s'intéressaient à elle.

Juliette l'écoutait distraitement.

Tout un travail de désorganisation se faisait dans son esprit, elle le trouvait ridicule, et se demandait comment elle avait pu autrefois accepter d'épouser Fabert. Elle ne l'aimait pas, elle ne l'avait jamais aimé. A présent elle sentait qu'elle était presque sur le point de le haïr.

— Allons, adieu ma chérie, dors bien je reviendrai te voir demain matin.

Et chaque matin pendant une demi-heure environ Fabert venait s'asseoir auprès du lit de sa femme ; et chaque jour le fossé qui séparait ces deux êtres s'élargissait davantage.

C'est que, l'après-midi, à l'occasion de la contre-visite, Martel passait environ une demi-heure auprès d'elle. Elle reconnaissait son coup de sonnette, son pas dans le couloir.

Dès ce moment, elle comptait les minutes, par la pensée elle suivait tous ses mouvements ; il enlevait sa redingote passait sa grande blouse, il allait venir... il venait, elle l'entendait parler, enfin, il ouvrait la porte, elle lui souriait, et tout son être frémissait d'attente, elle aurait voulu pouvoir s'élancer au devant de lui, sauter à son cou, et dans son impuissance elle lui tendait la main comme elle lui aurait tendu son cœur.

Après avoir tâté le pouls, et relevé la température, le Dr Martel s'appuyait au pied du lit, debout, la dominant de toute sa stature, et elle l'interrogeait sur ses malades, sur ses occupations de la journée, heureuse quand elle le sentait gai, triste si elle le voyait morose ou mécontent de lui.

Peu à peu ses couleurs revenaient, ses joues étaient plus pleines, le bistre des paupières disparaissait, et les yeux semblaient moins caves. Une nouvelle femme allait remplacer l'ancienne. Et Martel ne pouvait envisager cette transformation sans songer aux mystérieuses influences, évidentes dans ce cas, du moral sur le physique. La métamorphose qui s'était opérée en l'esprit, l'intelligence et le cœur de Juliette s'accomplissait maintenant sur ses traits qui de jour en jour s'affinaient. La nouvelle beauté qui bientôt allait se révéler semblait profonde, comme éclairée de l'intérieur par une lumière invisible, dont la clarté transparaissait dans les yeux moins rieurs et moins vifs, mais plus calmes et plus vrais.

La convalescence commençait. Juliette envisageait maintenant le moment où bientôt elle pourrait demeurer levée une partie de la journée, soit étendue sur la chaise longue ou assise dans un fauteuil. Elle s'essaierait à marcher et ses premiers pas tremblants de jour en jour prendraient de la fermeté et de l'assurance.

Pourtant la première fois que le Dr Trinquant l'autorisa à descendre de son lit, elle eut peur, et n'osa pas user de la permission avant l'arrivée de Martel.

Mais quand elle le sentit près d'elle, elle s'enhardit, et fermant les yeux, se laissa conduire jusqu'au fauteuil.

Tout près de la fenêtre ouverte, elle respira longuement, passa la main sur son front, et comme éblouie par la clarté encore grande du jour elle crut qu'elle allait s'évanouir. Tout tournait autour d'elle ; il lui semblait occuper le centre d'une immense sphère animée d'un mouvement continu. Peu à peu, le mouvement se ralentit, diminua d'intensité puis s'arrêta tout à fait, et elle put contempler la campagne et le paysage qu'elle n'avait pas pu découvrir de son lit.

Montpellier s'étendait à ses pieds. Elle apercevait la tour de la cathédrale à peine plus haute que les maisons environnantes, puis plus loin, l'Arc de Triomphe et la longue ligne des Arceaux du Peyrou.

— On ne voit pas la mer ? interrogea-t-elle.

— Pardon, dit la sœur Sainte-Jeanne, mais il faudrait aller sur le balcon.

— Oh je voudrais ! et elle regardait tour à tour le Dr Martel et la Sœur, implorant leur aide pour avancer de quelques pas.

Ils la soutinrent chacun sous un bras, et la conduisirent au dehors.

— Oh ! que c'est bon, dit-elle, de pouvoir enfin res-

pirer cet air pur, et d'aspirer cette odeur de vignes !
Mais voyez, ma Sœur, je suis forte, il me semble que
je marcherais seule. Elle s'approcha du balcon, s'appuya d'une main à la balustrade, et planant au-dessus de la ville, son regard embrassait l'horizon.

— L'apercevez-vous, dit Martel, en étendant le
bras vers le Midi.

— Oui là-bas ! Comme elle est bleue, plus bleue
que le ciel. On se croirait au printemps... et elle pres-
sait le bras de Martel.

— C'est le renouveau, murmura-t-il.

— Oui, et très émue par ce spectacle et par les
souvenirs qu'il lui rappelait, elle prononça tout bas,
après s'être assurée que la sœur était assez éloignée
pour ne pas entendre : « Oh ! comme je t'aime. »

Drapée dans un grand peignoir de flanelle, les cheveux à moitié épars sur les épaules, le teint d'une
blancheur nacrée, elle était vraiment une toute autre
femme et Martel, en plongeant ses yeux dans les
siens soupira.

— Moi aussi.

— Rentrons, dit-elle à voix haute ; et s'appuyant
plus fortement sur le bras du docteur, elle regagna
son fauteuil.

— On va vous recoucher bientôt, dit la sœur Sainte-
Jeanne, car pour le premier jour il ne faut pas abu-
ser.

Martel sortit.

A peine dans son lit Juliette ferma les yeux pour

revivre plus intimement les quelques secondes qu'elle venait de traverser.

... Une grande joie l'emplissait tout entière. Elle s'était grisée d'air, de lumière, et... d'amour, et maintenant elle était complètement heureuse.

... « Moi aussi » avait-il murmuré. Il avait donc compris quel changement s'était accompli en elle ; il lui en savait gré, et de nouveau l'amour tout puissant renaissait en son cœur.

La sœur Sainte-Jeanne croyant qu'elle allait s'assoupir avait disparu.

« Moi aussi ! » Elle eut voulu graver ces deux mots partout autour d'elle afin qu'à chaque instant ils fussent présents à son esprit et à ses yeux. Il l'aimait ! Et ce n'était pas du désir, ni de la passion, mais de l'amour vrai sincère, loyal et pur... Comme elle allait le chérir, à présent qu'elle *savait*. Toute sa vie allait recommencer : elle désirait se sacrifier pour lui, l'aider de toutes ses forces, le soutenir dans ses moments d'ennui et de désespoir, lui rendre au centuple et en affection les soins physiques et moraux qu'il lui avait prodigués pendant le cours de sa maladie.

Et, très douces, et pas douloureuses, des larmes lentement coulaient de ses yeux, larmes de joie qui soulagent et apaisent.

Puis elle s'assoupit et rêva des songes heureux.

Le lendemain, son mari la trouvant toute joyeuse et en pleine convalescence, laissa prévoir qu'il pourrait, sans craintes, rentrer à Paris. Elle fut la première à l'encourager. La reprise des cours était proche et puisque tout danger semblait à jamais conjuré, il pouvait repartir tranquille.

C'est avec une sorte de soulagement que Juliette accueillit ce départ. Bien qu'il ne fût guère qu'un obstacle moral à ses amours avec Martel, elle préférait le voir s'éloigner, et elle eut voulu qu'il l'oubliât tout à fait, qu'il la trompât, qu'il l'abandonnât, afin de n'avoir rien à se reprocher dans sa conscience.

Elle sentait bien, dans son for intérieur, qu'elle était injuste vis-à-vis de son mari : il pouvait ne pas avoir les qualités d'un amant, mais il l'aimait cependant, et cachait peut-être ses angoisses et ses peines.

Mais dans son inconscience de malade, elle lui savait mauvais gré de sa pitié : malgré tout elle voyait en lui l'obstacle, et la haine s'accroissait en elle, irrésistible et violente, en même temps que l'amour s'épanouissait et la prenait tout entière.

Après avoir prononcé ce « moi aussi » qui de nouveau liait leurs deux existences, Martel fut soudain effrayé par l'aveu presque instinctif qu'il venait de formuler. Il n'avait pas été sans remarquer à cet instant précis le trouble qui s'était emparé de Juliette et l'immense espoir qu'il venait de jeter dans son cœur.

Le lendemain et les jours suivants, tous deux par une pudeur exagérée, omirent de parler de ce mo=

ment d'expansion, mais si l'aveu n'était pas sur leurs lèvres, leurs yeux reflétaient la profondeur de leurs sentiments.

A l'issue d'une aussi grave maladie, tout semblait à Juliette revêtir de nouvelles couleurs, et se présenter à ses yeux sous des aspects inconnus, tout le passé, après l'avoir longtemps obsédée, par ses souvenirs, était mort à son esprit : elle commençait seulement à vivre. Les illusions fauchées en pleine jeunesse, repoussaient plus vivaces et plus fortes ; elle qui avait nié l'amour et n'avait jamais compris que le plaisir, devenait sentimentale, avait des pudeurs d'enfant et se plaisait à considérer Martel comme son fiancé.

La convalescence marchait à grands pas, et bientôt fut fixé le jour où elle devrait quitter la maison de santé. N'osant pas affronter les rigueurs pluvieuses de l'hiver à Paris, elle avait décidé d'attendre les premiers beaux jours pour rentrer dans la capitale.

Juliette quitta la Clinique du docteur Trinquant par une belle matinée d'automne, heureuse d'avoir échappé à la mort et aussi d'avoir recouvré, avec la santé physique, l'amour du docteur Martel : qui sait si cette affection renaissante n'avait pas contribué pour une large part à sa prompte guérison ?

Tout en elle, maintenant, respirait la santé et la joie, et ses amis venus pour la chercher furent les premiers étonnés de la métamorphose.

On l'eut prise plutôt pour une jeune fille que pour

une femme venant de subir des mois de souffrance
et une douloureuse opération ; à peine si son teint
était plus pâle et ses lèvres moins rouges, mais les
yeux étaient vifs et clairs, et ses longs cheveux dé-
bordaient en mèches folles autour de sa tête.

Avec un gai sourire, elle quitta les Sœurs, et ser-
rant les mains de Martel, elle lui dit :

— J'espère, Docteur, que vous n'oublierez pas que
je suis toujours en convalescence et que vous avez
charge d'âme.

Et en prononçant ces derniers mots, elle le fixa
longuement.

Martel comprit l'allusion discrète et lui promit une
visite prochaine.

Deux jours passèrent et Juliette attendait le docteur avec une telle impatience que le soir une légère
fièvre s'emparait d'elle. Enfin il vint, et par discrétion son amie les laissa seuls.

Il lui tendait la main, mais ce furent ses lèvres
qu'elle lui offrit. Elle se jeta dans ses bras en sanglotant, et toute émue pleura sur son épaule.

— Taisez-vous, de grâce, pourquoi pleurez-vous?

— Oh ! je vous en prie, laissez mon émotion se traduire dans le seul langage qui lui soit accessible. Il
y a des mois que j'aspire à ce moment où je pourrais
vous dire que ma vie vous appartient et que je vous
aime avec toute la ferveur d'une mourante qui ne
renaît que pour se sacrifier à votre bonheur.

— Taisez-vous je vous en supplie. N'oubliez pas que

vous n'êtes pas guérie encore et qu'il est nécessaire
de ménager vos nerfs. Moi aussi je vous aime, mais
si vous n'êtes pas raisonnable je ne reviendrai plus
que de loin en loin.

— Eh bien ! je serai raisonnable, soupira-t-elle.

Elle essuya ses larmes et s'efforça de sourire à
Martel. Elle eût voulu lui parler, lui dire encore
qu'elle l'aimait, comment et pourquoi elle l'aimait,
mais il lui parut que les paroles étaient inutiles, et
qu'il avait compris tout ce que ses yeux disaient, et
que les mots ne rendraient jamais ce qu'il pouvait
lire en elle et ce que la magie bienfaisante des larmes
avait pu lui révéler.

Un coude appuyé sur le genou elle soutenait d'une
main sa tête où riait un sourire et où flambaient ses
prunelles, tandis que l'autre tremblait fiévreuse dans
les mains de Martel : reflétant leurs images, leurs
yeux semblaient des fenêtres largement ouvertes sur
leurs cœurs.

Ils restaient là, silencieux, heureux de se voir, de
s'aimer, de se plaire toujours, le bonheur était en
eux et il semblait ne plus devoir désormais les quitter
un seul instant.

Martel revint.

Presque chaque jour il apparaissait vers cinq heures,
et restait souvent jusqu'à l'heure du dîner.

Et leurs tête-à-tête se ressemblaient : le docteur
rendait compte à Juliette de ses occupations, de ses
lectures, puis il l'interrogeait sur son état, et quand,

rassuré sur la continuité de la convalescence, il cherchait à parler de son amour, Juliette levait sur lui
ses grands yeux et implorait son baiser.

— Je voudrais, osa-t-elle un jour, vous poser une
question qui me brûle les lèvres. Me promettez-vous
de répondre franchement.

— Oui, dit Martel, intrigué.

Elle baissa les paupières, puis lui prenant la main
elle articula :

— Est-ce que depuis notre rupture, vous avez aimé?

— Non, répondit le docteur, avec un tel accent de
sincérité que Juliette en fut toute troublée.

Alors son bonheur fut complet, et le doute, qui la
rongeait parfois, venait d'expirer, au moment où
Martel avait prononcé le « non » libérateur.

Ce que ne disait pas Martel, c'est que lui aussi
était en proie à un sentiment aussi pénible : il était
persuadé et assuré de l'amour de Juliette et de la sincérité de sa passion ; il lui semblait bien posséder tout
son cœur, et pourtant... il ne pouvait parvenir à oublier qu'elle avait eu un passé, qu'elle avait aimé
quelqu'un avant lui et... peut-être depuis lui.

Il avait beau se raisonner, se dire que le premier
amour éprouvé par elle n'était pas le vrai, qu'elle
n'aimait pas alors avec cette abnégation qui faisait
la grandeur et la beauté de son sentiment actuel.
N'importe, elle avait aimé et elle avait été aimée.
Elle pouvait l'oublier, mais qui sait si un jour elle ne
s'en souviendrait pas pour comparer à un amour pré-

sent, une passion ancienne, qui s'idéaliserait au fur et
à mesure qu'elle s'éloignerait plus avant dans le passé.

Et souvent lorsque, seul chez lui, Martel songeait
à cela, il se prenait à réfléchir amèrement, à maudire
son destin et ses scrupules, et il était forcé de s'a-
vouer qu'il était jaloux, d'une jalousie sans objet,
puisque c'était du passé, d'un passé lointain et mort
et qui ne devait plus revivre jamais.

C'était une obsession, et quand Juliette lui parlait
il craignait que des mots qu'elle prononçait devant
lui aient été déjà dits à cet *Autre* qu'il ne connaissait
pas, qu'il ne connaîtrait jamais et qui était là quand
même, par instants. C'était surtout dans leurs moments d'expansion, dans leurs extases que cette peur
d'entendre et de reconnaître ces mots familiers lui
était une torture. Un jour en lui jetant ses bras autour du cou, Juliette avait murmuré : « Oh Pierre ! »
si bas, qu'il avait surpris et deviné les syllabes plutôt qu'il ne les avait entendues : alors il n'avait pu
renfoncer les sanglots et les larmes qui tout d'un
coup l'avaient secoué, et il avait dû mettre sur le
compte de l'émotion l'expression de la douleur intense qu'il avait ressentie.

Vainement, il se trouvait ridicule, et se disait qu'elle
aussi pouvait avoir une jalousie rétrospective de toutes
les maîtresses qu'il avait eues avant elle, de toutes
celles qui l'avaient aimée et qu'il avait peut être aimées.

Et parfois, dans son égoïsme, il lui savait mauvais
gré de n'être pas jalouse de ce passé qu'il eut voulu

annihiler, pour lui offrir un cœur neuf, où aucun nom n'aurait été gravé avant le sien...

Madame Fabert était maintenant tout à fait rétablie : les derniers beaux jours de l'automne avaient achevé sa guérison.

Résolue, plus que jamais, à ne pas quitter Montpellier, elle ne voulut pas rester plus longtemps à charge à ses amis, et loua pour la saison, sur la route de Castelnau, un petit « mas » entouré de vignes, où elle s'installa sommairement. A l'entrée de la ville et presque à la campagne le petit chalet lui permettait de jouir des avantages de l'un et de l'autre.

— Voulez-vous, lui dit un jour Martel, que je vous emmène dîner au bord du Lez. Nous profiterons des derniers beaux jours.

— Oh ! j'accepte avec grand plaisir. Cela me rappellera tant de souvenirs !

Et quelques jours plus tard, par une belle soirée un peu fraîche, ils arrivaient au restaurant Rimbault, où ils s'installaient dans un cabinet dominant le Lez. Les derniers rameurs remisaient leurs barques ; de l'autre côté de la rivière, dans le parc réservé au Génie, monotone, se promenait la sentinelle ; dans le restaurant ils étaient seuls, et heureux de leur isolement.

Comme des écoliers en rupture d'études, ils s'amusaient de tout : l'élaboration du menu fut tout un travail ; la bonne regardait du coin de l'œil ces amoureux bizarres, dont les manières polies et sé-

rieuses contrastaient singulièrement avec celles de
la clientèle habituelle de l'établissement.

Et pendant que se préparait le dîner, Martel, selon
la coutume, du diamant de sa bague traçait sur la
glace leurs deux noms, qu'il enlaçait d'un cœur.
Puis ils inventorièrent le mobilier primitif, admi-
rèrent la décoration criarde des murs, les sujets
champêtres des tableaux qui en variaient le décor,
et la pendule modern-style où l'heure s'inscrivait
aux pieds de deux amants tendrement enlacés qui
regardaient se becqueter deux colombes.

Le dîner fut gai, entremêlé de souvenirs, de l'année précédente et entrecoupé de baisers ; ils ne par-
laient pas de l'avenir, à quoi bon ? Le présent ne
leur suffisait-il pas ?

A la nuit, ils revinrent à pied par les chemins dé-
serts et à travers les vignes : dans le lointain un
violon râclait quelque vieil air d'opéra ; ils se tenaient
doucement enlacés, parlant à peine, tous deux ayant
le bonheur silencieux.

Ils renouvelèrent plusieurs fois leur escapade. A
cette époque de l'année, le restaurant était désert,
et ces repas en tête-à-tête au bord de l'eau leur
procuraient toujours une joie nouvelle.

L'hiver s'écoula ainsi doucement dans une atmosphère d'amour. Les heures tombaient l'une après
l'autre, les jours s'ajoutaient aux jours, et Juliette
se demandait parfois ce que lui réservait l'avenir, et
comment s'effectuerait leur séparation. Quel pré-

texte invoquer pour retarder son départ? Pourrait-
elle même partir ? A présent qu'elle aimait et qu'elle
était aimée, aurait-elle le courage de provoquer ou
de subir une rupture ?

Son mari venu pour la voir aux vacances de Jan-
vier, l'avait trouvée entièrement rétablie, toute changée, et, avait-il ajouté, fort embellie. Toutefois il
n'avait pas insisté pour l'emmener, toujours craintif
d'une rechute éventuelle. Cet homme lassé par la
maladie de sa femme ne semblait plus désirer qu'une
seule chose : la tranquillité nécessaire au travail de
patience auquel il avait voué sa vie.

A tous ceux qui l'approchaient il produisait cette
impression. Pourtant il y avait au fond de son cœur
une grande tendresse pour Juliette ; c'était presque
celle d'un père pour sa fille : son amour, qu'il n'affi-
chait pas et qu'il ne savait pas révéler, était tout en profondeur, et plus protecteur que passionné et expansif.

Sans soucis, et pleinement rassuré, il rentra seul à
Paris, laissant à Juliette le soin de décider elle-
même quand elle devrait le rejoindre.

Le docteur Martel avait également profité des
vacances pour s'éloigner de Montpellier, ne voulant
sous aucun prétexte se retrouver en présence du
mari de Juliette.

Bien que sa morale fut assez large, il lui aurait
répugné de serrer à nouveau les mains de Pierre
Fabert. Il n'était plus à l'âge où la possession d'une
maîtresse mariée est une bonne fortune dont on se

plaît volontiers à se parer. Il aimait sincèrement et ne voulait pas mentir. Déjà l'année précédente, dans les moments où l'exaltation de sa passion ne l'enfièvrait pas, il s'était repenti de n'avoir pas la force nécessaire de volonté pour rompre toutes relations avec le Maître de conférences..

C'était dans ce but qu'il avait voulu entraîner Juliette au divorce. Mais à cette époque elle ne l'aimait que sensuellement, et en quête de plaisir, ne recherchait que la sensation...

A présent peut-être en serait-il autrement...

Aussi bien cette équivoque ne pouvait durer : il ne lui plaisait pas qu'elle redevînt sa maîtresse tout en restant Madame Fabert. Toute la ville serait bientôt au courant de leurs relations, et le jour où il voudrait la prendre pour femme, Juliette aurait perdu toute considération. Et alors se posait ce dilemme impitoyable : ou une rupture brutale qui les meurtrirait tous deux, ou un mariage qui les unirait à jamais.

Martel envisageait successivement ces deux hypothèses.

S'ils se quittaient, en plein amour, certes leur existence serait triste, monotone et douloureuse. Tous deux souffriraient moralement et peut-être physiquement : lui de son isolement, elle de sa vie conjugale, de cette contrainte de tous les instants, plus terrible que les discussions de ménage.

Le mariage était donc la seule solution qui pût leur permettre de vivre leur vie d'amour et de suivre leurs destinées. Alors Juliette devrait demander le divorce... Mais quel motif invoquer ? Et si son mari refusait, qui pourrait l'y contraindre ? Car il fallait bien compter avec lui, le maître de par la loi.

Plus Martel réfléchissait, plus il demeurait convaincu que le professeur n'accepterait pas le divorce quand il en découvrirait la cause. Ne serait-il pas dans son droit d'époux, de possesseur ?

Une séparation, tout au plus, serait possible, mais aux yeux de tous, Juliette ne pourrait jamais être que sa maîtresse et non sa femme.

C'est dans cette situation d'esprit que le docteur se présenta chez Juliette au lendemain du départ de Fabert.

Son air consterné et son abattement révélaient son trouble et ses angoisses.

— Qu'avez-vous donc, mon cher ami, vous avez l'air tout morose, seriez-vous souffrant ?

— Non, ma chérie, mais le moment est arrivé, je crois, où nous devons prendre une détermination. Notre vie actuelle ne peut continuer, et nous serions vite l'un et l'autre mis à l'index. Peut-être même des amis charitables préviendraient-ils votre mari..... Alors, après avoir mûrement réfléchi, je viens en ami sincère vous dire : il ne faut plus nous voir, à moins que vous ne consentiez à devenir ma femme.

Juliette ouvrit les yeux démesurément, voulut parler puis, soudain, s'évanouit dans les bras du docteur.

Quand elle revint à elle, Martel était à ses pieds, auprès du canapé sur lequel il venait de l'allonger.

— Oh ! Maurice !

Était-ce un mot de remerciement, de désespoir ou de reproche ? Mystère insondable de l'âme féminine, peut-être tout cela à la fois !

Souvent, elle aussi, avait songé à cette heure où des paroles décisives devraient être prononcées, et où il lui faudrait prendre une détermination : mais ce moment elle le désirait toujours plus loin et en pensée, le reculait autant qu'elle le pouvait.

Martel venait de la rappeler à la réalité en brisant son rêve : l'instant qu'elle redoutait était venu : il fallait agir. Mais que faire ? Et tous les arguments que le Docteur s'était développés en lui-même, elle les repassait également en son esprit : elle avait peur de l'avenir après avoir espéré en lui.

Elle se voyait enchaînée pour la vie à un mari qu'elle n'aimait pas, qu'elle finirait même par détester, se consumant d'amour pour le seul être qu'elle ne pourrait ni voir ni aimer. Son existence serait donc un mensonge perpétuel à ces deux hommes, et elle en souffrirait et ils en souffriraient. Oh ! si l'oubli pouvait venir ! Mais, fallait-il y songer. Et cet amour qui était ressuscité subitement, au bout d'une année, n'avait-il pas une vigueur insoupçonnée jusqu'alors. Comment l'arracher de son cœur, alors qu'elle ne vivait que par lui.

— Oublier ?

L'éloignement les guérirait-il l'un de l'autre, et ne valait-il pas mieux en finir de suite et prendre la seule détermination raisonnable, et qui ne ferait au moins qu'une victime : son mari.

Son mari ! Quand elle y songeait elle avait parfois des remords de l'avoir ainsi trompé. Certes, elle s'accordait des circonstances atténuantes. Son égoïsme de savant, négligeant sa femme, avait été une des causes primordiales de sa chute première. Il n'avait pas été l'époux, le maître, le directeur de conscience qu'il eût dû être pour éduquer et retenir une femme comme elle.

Elle s'avouait que si elle eût rencontré Martel tout d'abord, sa vie n'aurait pas été gâchée. Trop livrée à elle-même, trop jeune et sans expérience, il était arrivé ce qui devait advenir. La maladie l'avait mûrie et à présent l'avenir lui apparaissait tout autre. Et comme Martel, elle se demandait si Fabert accepterait la séparation radicale qu'elle désirait, le divorce qu'elle oserait demander : elle sentait que malgré tout, il l'aimait, qu'il était bon et doux, et qu'elle allait le faire souffrir : n'était-il pas l'esclave de ses volontés et de ses caprices ; tout ce qu'elle désirait, il l'accomplissait, ou l'accordait sans jamais une observation ou un reproche.....

Oh ! n'eût-il pas mieux valu pour elle succomber à son mal, ou mourir des suites de son opération : elle eût reconquis l'amour de Martel, et ces deux hommes qu'elle torturait involontairement l'auraient pleurée, et auraient conservé d'elle un souvenir attendri.

Bien souvent, dans le silence du soir ou les insomnies des nuits, elle avait agité ces questions, et voilà qu'au moment où Martel venait de parler elles retraversaient instantanément son cerveau.

— Oh ! que je suis malheureuse ! sanglota-t-elle, en entourant de ses bras la tête du Docteur.

— Voyons, ma chère amie, calmez-vous, et réfléchissez à ce que je viens de vous dire

— Vous pensez bien que depuis longtemps déjà j'ai songé que surgirait pour nous deux ce moment pénible.

— Eh ! bien.

Très vite, et les yeux fixés à terre, elle dit :

— Je crois que mon devoir est de partir, j'essaierai de reprendre ma place auprès de mon mari, et si l'effort est trop grand, je vous promets que je reviendrai ; du moins n'aurai-je rien à me reprocher vis-à-vis de ma conscience.

— Faites ce qui vous semble être votre devoir, murmura Martel accablé, j'attendrai avec résignation le moment que vous jugerez opportun pour me dire, ou que vous avez retrouvé le calme, ou que vous me revenez pour toujours.

Dans ces moments solennels, où la douleur est si grave qu'elle touche les profondeurs même de l'être, les larmes ne jaillissent pas des yeux. Mais après, les nerfs surexcités et trop tendus laissent brusquement éclater la crise.

Quand Martel, après un dernier baiser, eut prit

congé de Juliette, celle-ci, vaincue par l'effort qu'elle venait de soutenir, se laissa aller à son désespoir.

Que venait-elle de faire? Avait-elle eu raison de vaincre son amour, et entre ces deux voies ouvertes devant-elle, de choisir celle toute sillonnée d'épines, et d'abandonner celle où s'épanouissaient les plus douces et les plus odorantes des fleurs.

Un sentiment inconnu l'avait poussée à parler ainsi : ce n'était pas elle mais une *autre*, qui à ce moment précis avait fait entendre la voix de l'abnégation et de la raison.

Après avoir parlé, elle avait été elle-même toute étonnée des paroles qui venaient d'être prononcées.

A présent elle était seule, et l'*autre*, la femme amoureuse reparaissait, souffrait et pleurait le sacrifice peut-être inutile qui venait d'être consenti.

Il fallait partir, et sans jeter un regard en arrière, pour être assurée d'avoir le courage nécessaire de ne pas rester.

IV

Elle partit, par une sombre journée de mars où le ciel, semblant compatir à sa douleur, pleurait toutes ses larmes.

Inconsciemment elle se reportait au jour de son premier départ pour Paris. Elle ne retrouvait plus en elle la femme insoucieuse et frivole, quittant le Midi sans espoir de retour, avec des illusions amoureuses, et attirée, dans un désir de jouissances inédites, par le mystérieux attrait de la Grande Ville.

A son retour, au mois d'octobre précédent, elle avait déjà pu constater l'évolution que les désillusions et la maladie avaient laissé s'opérer en elle : elle était déjà différente mais surtout désabusée, ayant rejeté avec tout espoir de guérison l'espérance d'un relèvement moral. Quelle pauvre chose elle était alors! Avant de mourir, elle avait voulu retourner faire le pèlerinage douloureux du seul amour qui aurait pu la sauver et la guérir. Pas à pas, elle avait gravi son calvaire, et peu à peu, à mesure que la souffrance physique diminuait, la santé morale re-

venait également. Plus rien ne subsistait désormais
en elle de la créature d'amour et de douleur : elle
était la femme vraiment forte, qui après avoir con-
templé d'un œil hagard les ruines du passé, envisagé le
présent et scruté l'avenir, s'en allait résolument, sans
un instant d'hésitation, accomplir tout son devoir.

La perspective de souffrir pour son amour la soutenait et la relevait à ses propres yeux. Elle ne pouvait comprimer les élans de son cœur, mais, sa volonté reconquise, elle jugeait sainement la grandeur
de son action, et espérait qu'un jour, proche peut-
être, elle en serait récompensée.

Certes, elle n'ignorait pas combien cette nouvelle
séparation devait faire cruellement souffrir le docteur
Martel. Par les angoisses qu'elle ressentait, elle pouvait s'imaginer aisément celles de son ami. Mais
n'avait-il pas confiance en elle, comme elle en lui.

Le premier il lui avait indiqué le droit chemin, et
elle lui savait gré de sa susceptibilité, de sa loyauté
et de sa franchise. Combien d'autres, à sa place,
auraient vécu sans soucis, laissant s'accomplir les
événements selon les règles mystérieuses de la destinée. Il avait au contraire tenu à lui montrer qu'il
l'estimait assez pour ne pas se mettre au-dessus des
préjugés, et pour ne pas consentir de nouveau à
tromper et à rendre ridicule un homme dont il appré-
ciait, d'autre part, l'intelligence et le caractère.

Et pour cet acte d'énergique délicatesse, que beaucoup de femmes n'auraient pas compris, Juliette avait

conçu pour le docteur Martel une nouvelle estime.

Elle partait donc aimante, et certaine d'être estimée et aimée, et cette double assurance soulageait un peu sa peine, car elle ne songeait pas sans amertume à la vie incertaine qui, désormais, allait être la sienne.

Rentrée à Paris, elle s'efforça de reprendre peu à peu et ses relations et sa vie antérieures, mais un grand dégoût du monde la tenait, et seul, au fond de son cœur, vivait son amour.

De longues heures elle vivait comme repliée en elle-même : elle s'isolait et songeait.... Combien de temps durerait cette contrainte? Et parfois elle se surprenait à pleurer, en rappelant ses chers souvenirs.

Seuls, le bruit de la rue, l'animation des boulevards, la foule des promeneurs, la cohue dans les halls des grands magasins la distrayaient un peu et parvenaient à changer le cours de ses idées.

Elle passait alors des après-midis entières à manier des chiffons au Louvre ou au Bon Marché : elle aimait se sentir bousculée : toute cette agitation factice et piétinante chassait sa mélancolie et lui faisait oublier pendant quelques instants sa triste situation et sa détresse morale.

Un soir, sortant du Bon Marché, elle se trouva soudain face à face avec le Baron de Saux.

Un simple salut : et tous deux impuissants à proférer la moindre parole se perdaient dans la foule.

Juliette rentra chez elle bouleversée, sans pouvoir bien analyser la cause de son émotion : elle n'aimait pas le baron, ne l'avait jamais aimé, mais il l'avait possédée et, à l'heure actuelle, elle avait peur de lui. Sous son salut, il lui avait semblé surprendre un regard haineux.

A la réflexion elle se prit à sourire de sa frayeur, et quelques jours plus tard elle avait même oublié cette rencontre.

Aussi quelle ne fut pas sa surprise quand, un mois environ après, M. de Saux se fit annoncer chez elle.

Son mari n'était pas rentré, et elle hésitait à le recevoir. Elle se laissa guider par son instinct et désireuse au fond de savoir dans quel but il revenait chez elle, elle le laissa introduire.

Avec une aisance parfaite, le Baron s'enquit de sa santé, prit intérêt à ses souffrances passées, à sa convalescence, la félicita sur sa bonne mine, ses fraîches couleurs et, ajouta-t-il, sur le charme spécial qui se dégageait de toute sa personne. Lui aussi, la trouvait changée, peut-être moins sévèrement belle, mais plus jolie.

Puis il parla de lui, et mit sur le compte de la discrétion le long silence auquel il s'était astreint. Très maître de lui, en un discours savamment préparé, par phrases menues, hachées, il dit son désespoir de n'avoir rien su d'elle dans ces moments pénibles. De loin en loin, il avait seulement rencontré Fabert qu'il n'osait pas trop interroger de peur d'apprendre de mauvaises nouvelles ou de paraître indiscret.

Juliette répondait peu, curieuse de connaître enfin

le but réel de cette visite. M. de Saux venait-il dans l'espoir de se faire pardonner, ou essaierait-il de nouveau de la reconquérir.

Avec bienveillance, elle le laissait parler. Le Baron se prit à son propre piège. Peu à peu, les paroles de banale pitié et de commisération firent place aux compliments ingénieusement flatteurs.

Puis, la sentant docile et la croyant presque reconquise, il prit soin de s'enquérir si elle se sentait à présent assez forte et assez vaillante pour se plier sans fatigues aux obligations mondaines.

— Vous verra-t-on chez nos amis communs?

— Je ne sais. Je suis bien faible et ma santé exige encore de grands ménagements.

— Si je ne craignais d'être indiscret, je vous proposerais une saison en Dauphiné. L'air de nos montagnes vous serait certainement salutaire.

— Merci.

— Nous reprendrions nos promenades matinales dans la rosée. Vous souvenez-vous...

— Trop.

— Comment ?

— Je vous en prie n'insistez pas. Sachez-moi gré de vous avoir reçu et ne renouvelez pas de pénibles souvenirs.

— Avez-vous donc douté de moi?

— Peut-être.

— En ce cas, ne doutez plus, je vous reviens plus

aimant que jamais et de nouveau je mets mon cœur
à vos pieds.

— Taisez-vous ! Vous n'avez pas le droit de me
parler ainsi. Jamais vous ne m'avez aimé. Je vous ai
amusé pendant une saison. Oubliez-moi comme j'ai
oublié tout ce qui pouvait me rattacher à vous, comme
j'ai oublié aussi et votre abandon et votre trahison.

— Mais ce n'est pas possible... Juliette.

— Je ne suis plus *Juliette*, je suis Madame Fabert.
Je ne devrais pas avoir besoin de vous le rappeler.

— Je croyais que ma reconnaissance...

— De grâce n'employez pas les grands mots. Je
sais ce que je vous dois, mais je crois aussi m'être
suffisamment acquittée envers vous.

— Il n'est pas question de cela.

— Si, j'ai failli, par vous, perdre et l'honneur et la
vie, n'est-ce pas assez ? Ne recommencez pas à jouer
une comédie indigne de vous et de moi. Nous ne devons plus nous revoir ; je serai pour vous une étrangère. Je ne puis vous empêcher de vous souvenir,
mais, je vous défends de me le rappeler.

— Soit, j'attendrai.

— Inutile. Ma décision est irrévocable.

— Alors c'est la guerre ?

— Non, c'est l'oubli.

— Puis-je implorer une dernière grâce...

— Laquelle.

— Celle de vous donner le baiser d'adieu.

— Non. Il ne saurait y avoir de baiser quand

l'amour n'existe pas, et que l'amitié est morte.

— Alors vous ne m'aimez plus ?...

— Je ne vous ai jamais aimé. Vous vous êtes im-
miscé dans ma vie, vous m'avez grisée, vous m'avez
presque tuée ; j'ai failli mourir, et à peine rétablie,
sans vous être enquis pendant tout le cours de ma
maladie de l'état de ma santé, vous venez m'implorer, et m'offrir de nouveau d'être votre maîtresse.
Comment ne vous êtes-vous aperçu depuis les premiers mots que j'étais devenue tout autre et que jamais je ne vous appartiendrais.

— Pardon. Oui, je vous ai mal connue et mal
jugée. Jusqu'à présent c'était votre beauté que j'aimais, mais aujourd'hui ce n'est plus votre corps que
je désire, je voudrais approcher de votre cœur, c'est
votre intelligence qui me séduit, c'est votre âme que
je veux.

— Taisez-vous, je ne puis ni ne dois vous entendre.

— Laissez-moi croire qu'un jour peut-être...

— Non. La route que nous suivrons désormais
l'un et l'autre est tellement différente, que nous ris-
quons fort de ne jamais nous rencontrer. Adieu.

Le baron sortit, sans avoir aperçu dans l'antichambre un homme écroulé sur une chaise, le col du
pardessus relevé jusqu'aux oreilles, le chapeau en-
foncé sur les yeux, une lourde serviette posée sur les
genoux. Hébété et comme hypnotisé, la tête entre ses
mains, cet homme figé dans sa douleur ne songeait
pas, il pleurait, innocemment, inconsciemment, fou-

droyé par la subite révélation qu'il venait de surprendre. Fabert était ce soir-là rentré plus tôt que de
coutume, une légère migraine l'ayant obligé à inter-
rompre son travail.

En pénétrant dans l'antichambre, des bruits de
voix avaient attiré son attention. Quel était l'objet
de cette querelle, quel était le mystérieux interlocu-
teur que sa femme malmenait ainsi ? Sans intention
mauvaise, il avait essayé, avant de rentrer dans son
cabinet, de reconnaître la voix du visiteur. Puis, les
phrases qu'il entendait, après avoir jeté le trouble
dans son esprit, l'avaient stupéfié, et soudain une
lumière s'était faite intense et aveuglante : La femme
en qui il avait mis toute sa confiance l'avait trompé,
et avec qui ..? Avec le Baron de Saux. Alors il était
tombé, accablé, dans l'ombre, sur ce siège, et il
s'était pris à sangloter comme un enfant. Le baron
l'avait frôlé, et il n'avait pas fait un mouvement,
l'esprit envolé loin de son pauvre corps, tout pante-
lant et inutile.

Au bruit de la porte qui se refermait sur les pas
du Baron de Saux, le Professeur se releva, sortit de
son rêve et s'enfuit dans son cabinet.

Il s'affaissa dans son fauteuil, les yeux fixés sur les
rayons des livres.

— « Les vrais, les seuls amis, murmura-t-il......
ceux qui ne trompent jamais... »

Et de nouveau il pleura.

Cet homme simple et bon, qui n'avait jamais tor-

turé que les mots pour leur arracher leurs secrets,
ne concevait pas comment il avait pu être trompé.
En vain, il cherchait en lui-même les défauts qu'il
n'avait pas, la méchanceté dont il était exempt : il ne
parvenait pas à discerner les raisons auxquelles avait
obéi sa femme, en devenant la maîtresse du Baron.

A présent que la révélation s'était faite, il évoquait
sa vie antérieure, l'intimité de plus en plus crois-
sante de M. de Saux, puis la maladie mystérieuse de
Juliette, la guérison et, aujourd'hui, la tentative de
l'amant venant réclamer sa proie.

Et pendant ces derniers mois, tandis que lui s'inquiétait des progrès du mal et, torturé moralement,
s'efforçait de cacher sa douleur et jouait l'indiffé-
rence, l'auteur impuni et impudent attendait dans
l'ombre l'heure de la guérison.

Il remontait le cours des semaines et des mois, et
de petits faits insignifiants, auxquels tout d'abord il
n'avait pas attaché d'importance, prenaient soudain,
à ses yeux, une étrange signification.

Il renouait brusquement la chaîne des événements,
pour arriver jusqu'à la source de la trahison.

Son exode pour Paris avait été la phase ultime de
cette odieuse machination qui avait débuté à Montpellier et s'était ourdie au château de Saux.

Et c'était cet homme qui l'avait fait nommer à
Paris, pour pouvoir plus aisément lui enlever sa
femme ! Alors qu'il croyait ne devoir son avancement qu'à son mérite, l'intrigue seule avait tout fait !

Oh ! être son obligé ! Maintenant qu'il avait tout compris, il ne pouvait accepter plus longtemps cette situation équivoque. Il lui fallait rompre avec le passé. Et un désir de vengeance s'empara de lui.

Contre sa femme ? Non, et si la pensée lui en vint, il la chassa vite. Il ne lui en voulait pas, il l'eût plutôt plainte des souffrances morales et physiques que cette liaison lui avait occasionnées.

D'ailleurs, n'avait-elle pas expié sa faute, et les paroles qu'il venait d'entendre ne disaient-elles pas suffisamment son remords.

Mais le Baron ? — Oh ! celui-là, il eut voulu pouvoir le provoquer et le tuer. L'homme primitif reparut un instant sous l'écorce polie du savant, mais le psychologue reprit promptement le dessus. Et après ? Devant sa conscience, il serait un assassin, et qu'aurait-il gagné à assouvir sa vengeance ? La faute aurait été divulguée, et il perdrait à la fois la considération et l'honneur. De plus, un cadavre serait toujours entre lui et Juliette... Et il songeait : est-il préférable que ce soit un vivant ?...

Il fallait cependant prendre une détermination.

Divorcer ? — Sous quel prétexte, sans mettre le public au courant de ses infortunes ? Que de boues et de vilenies à remuer avant d'en arriver là ! Et puis, serait-ce l'oubli de la trahison ? Pardonner ? — Il avait pardonné à sa femme, mais il sentait que désormais chaque instant renouvellerait sa douleur, et qu'aucun travail ne le distrairait de cette funeste obsession.

Mais alors que faire pour ne plus penser?

Et doucement, comme s'il eût épuisé toutes les solutions avant d'en arriver à la dernière, que peut-être il avait acceptée tout d'abord, il murmura, en relevant la tête. « Mourir... »

A bien réfléchir c'était, pour lui, la seule détermination acceptable, celle qui arrangeait tout. Jamais il n'oublierait et il était destiné à mener une vie malheureuse et misérable, rivé à son secret.

A quoi bon lutter?

Et cet homme qui tout d'un coup se trouvait transporté en plein roman, regretta de n'avoir point la sérénité de M. Bergeret, et de ne pouvoir passer sa colère sur quelque innocent mannequin d'osier.

Il eut cependant la force d'assister au dîner, mais se retira de bonne heure, en prétextant d'une forte migraine. Il rangea quelques papiers, écrivit plusieurs lettres comme à la veille de partir pour un lointain voyage. Puis, quand les bruits de la maison se furent apaisés, il sortit.

Une pluie tombait, drue, serrée et claquante, qui lui giclait au visage. Sans souci du temps, il marchait. Où? il ne savait... il parcourait des rues éclairées, d'autres sombres, comme dans un rêve.

Au bout d'une heure de marche sous la pluie, fatigué, exténué et transi, il entra dans un café où il absorba une absinthe, puis il reprit sa course vagabonde. Il traversa la Seine, cotoya les quais, s'arrêta un moment devant l'Institut, puis, mélancolique, suivit la ligne des boîtes des bouquinistes. Quelles heures délicieuses, il avait passées là, et il se rappelait ses découvertes et ses enthousiasmes.

La nuit était noire, trouée seulement par quelques becs de gaz qui de place en place jetaient sur le fleuve une lumière indécise.

Cette eau boueuse et verte l'attirait : de temps à autre il s'arrêtait, se penchait, la regardait couler et secouer mollement les pontons accrochés à la rive.

Quelques rares passants le frôlaient et se retournaient à peine pour regarder s'enfoncer dans la nuit, le promeneur solitaire, inconscient du froid, de la pluie et du noir.

Il marchait toujours...

Se détachant sur le ciel sombre, de sa main levée, « La Liberté » de Bartholdi sembla assigner un terme à sa course.

Il leva les yeux sur le bloc de bronze et prêta l'oreille : Aucun bruit, si ce n'est le souffle du vent et le clapotis du fleuve. Alors, résolument, il enjamba le parapet et se précipita dans la Seine.

Le froid de l'eau le saisit, et un cri instinctif troua le silence de la nuit. Mais la rivière, dans un remous, le prit dans ses eaux glauques : il étendit les bras comme en un appel désespéré, et, triste épave, ainsi que l'avait roulé la vie, le fleuve l'emporta dans son tourbillon.

Courbevoie, Imp. E. Bernard, 14-15, rue de la Station.